VINDOBONA
VERLAG SEIT 1946

Brigitte Nueber

## Isolde, die junge Witwe

Dieses Buch wurde digital nach dem neuen „book on demand" Verfahren gedruckt.

Gedruckt in der Europäischen Union auf umweltfreundlichem, chlor- und säurefrei gebleichtem Papier.

Für den Inhalt und die Korrektur zeichnet der Autor verantwortlich.

© 2013 Vindobona Verlag

ISBN 978-3-902935-25-0
Umschlagfoto:
Norbert Höller/pixelio.de
Umschlaggestaltung, Layout & Satz:
Vindobona Verlag

**www.vindobonaverlag.com**

# 1

Ein meuchelmörderischer Schurke hatte Don Monello rücklings ein Messer in den Rücken gerammt, als er auf der Mauer, der kleinen, italienischen Stadt spazierte. Vom Täter war nichts gefunden worden, als die Mordwaffe, ein Klappmesser, wie es Bauern oder das gemeine Volk benutzten. Als man den hoch angesehenen Bürger ins Haus brachte, wusste er schon, dass jetzt sein letztes Stündlein geschlagen hat. Wie es einem echten Mann geziemt, bewahrte er aber seine Fassung. Es schmerzte ihn sehr, sterben zu müssen, denn es verband ihn noch so viel mit dieser Welt. Er selbst war immer ein guter und gerechter Mensch gewesen und nun das Opfer von Tücke und Hinterlist.

Da er noch lebte und bei klarem Verstand war, hatte man ihn auf eine Bahre gelegt und in sein Haus getragen. Ein junger Mann lief voraus, um sein Weib, Isolde schonend vorzubereiten. Andere liefen zum Bürgermeister und zum Doktor. Wie ein Lauffeuer verbreitete sich die Nachricht in der Stadt und alle suchten nach dem Täter. Vor Monellos Haus, standen die Leute, mit entblößtem Haupt und warteten. Oben im Stockwerk war alles schon bereit, um den Sterbenden zu empfangen.

Totenblass, unfähig etwas zu tun oder zu sagen stand Isolde, sein junges Weib, an den Kamin gelehnt. Sie konnte das alles nicht richtig begreifen und folgte nun mit starrem Blick, wie der Doktor sich über den Verletzten beugte und die Wunde untersuchte. Occhio, der einäugige Diener, hielt zitternd das Licht. Er sah im Geiste, seinen Herrn sterben und zur Hölle fahren. Er hatte ihn sein ganzes Leben lang begleitet und kannte ihn besser als jeder andere, auch wusste er über alle dummen Streiche die Monello gemacht hatte Bescheid. „Madonna!", stöhnte er, sodass es niemand hören konnte, „Madonna, ich werde dir eine Kerze spende, wenn du ihm noch ein bisschen Zeit gibst!"

Lange und umständlich machte sich der Doktor zu schaffen, obwohl er gleich sah, dass jede Hilfe zu spät kam. Sein graues Gesicht, mit den tiefen Falten nahm den finsteren Ausdruck an, wie immer, wenn er einen Fall aus seinen Händen, in die des Himmels geben musste.

Don Monello lag schweigend da und las im Gesicht seines Freundes sein Urteil. „Sag' es nur, Pietro!", flüsterte er. „Sag, ich werde bald Gott sehen--- oder... ist es nicht so?"

„So ist es!", nickte Doktor Pietro. Er kannte den Mut seines Freundes „Empfehle dich der Heiligen Jungfrau, und du wirst leicht sterben!" Don Monellos Körper zitterte ein wenig, als er das hörte. Aber gleich darauf drückte er des Doktors Hand: „Ich danke dir Pietro! Warst immer ein guter Freund!" Der Doktor wusch seine Hände in der silbernen Schüssel, die Occhio gebracht hatte, trocknete sie sorgfältig ab und ging dann zu Isolde, die immer noch am Kamin stand. „Frau", sagte er mit ermunterndem Lächeln, „geht zu eurem Mann, er wird mit euch reden wollen." Isolde riss sich los und ging zu ihrem Gemahl und setzte sich zu ihm, auf sein Lager. Der nahm ihrer Hand in seine: „So ist es beschlossen, Isolde!" sagte er mit fester Stimme, obwohl ihm das Reden schwerfiel. „Wenn ich heute von dir gehe, dann ist es Gottes Wille. Ich war sehr glücklich mit dir, in den wenigen Jahren die wir beisammen waren.--- Ich möchte dich bitten, schicke nach meinem Freund Giovanni. Occhio soll Don Bartholomäus herbringen, damit er mir beistehen kann. Dann möchte ich eine Kanne von dem Wein, der im Keller ganz hinten liegt und zwei Becher, denn Giovanni würde es auch an meinem Sterbebett nicht aushalten, wenn es da nichts zu saufen gibt. „Isolde hatte es schwer, alle Aufträge in ihrem wirren Kopf, zu behalten. Aber Occhio war danebengestanden, hatte gut aufgepasst und sich alles gemerkt. So lief er, um zu tun, was sein Herr wollte.

Unten im Saal des Hauses hatten sich viele versammelt, die Don Monello, noch einmal sehen wollten. Immer noch kamen Neue dazu. Sie stampften vor der Tür den Schnee von den Schuhen, denn es war Jänner und ein strenger Winter. Auf Bänken und Schemeln saßen sie und froren sehr, denn niemand hatte in der Verwirrung daran gedacht Feuer zu machen. Während Occhio klappernd vor Kälte und Angst durch die Straßen eilte, um Don Bartholomäus zu holen, schritt Prinz Giovanni sporenklirrend durch die Gassen zu dem Haus seines Freundes. „Unsinn!", sagte er zu seinem Begleiter, dem Dichter Carletto. „Monello stirbt nicht so leicht, wenn man ihn mit einem Messer kitzelt. Er ist zäh und seine Brust ist so gewaltig, dass ein Degen darin verschwinden könnte, ohne jemals wieder aufzutauchen. Entweder hat man uns genarrt oder ein ängstliches Weib, macht aus einer Mücke einen Elefanten." Als er den Volkshaufen vor dem Haus sah, änderte er ein wenig seine Meinung. Rasch durcheilte er den Saal. Er beachtete die Anwesenden kaum, die ehrfürchtig aufgestanden waren. Denn, Giovanni, war Graf von Montorio und Erbprinz von Paliano, dem Herzogtum auf den Hügeln zwischen Neapel und Rom. Er trieb sich jedoch in der Welt herum, weil sein Vater nicht sterben und ihm Platz machen wollte.

Don Monello, der die ganze Zeit gewartet hatte, erkannte ihn sofort an seinem Schritt. Er befahl das Tischchen auf dem der Wein und die Becher standen, näher zu rücken und einen Stuhl so hinzustellen, dass Giovanni sich, wie es seine Gewohnheit war, rittlings daraufsetzen konnte. Isolde, die sich ein wenig beruhigt hatte, konnte sogar lächeln, als der Prinz, schön und kraftstrotzend, in Siegerpose, die er immer zur Schau stellte, eintrat. Er begrüßte sie und ging sofort zum Bett seines Freundes und schüttelte ihm die Hände. „Was fällt dir ein, alter Freund?", rief er dröhnend. „Mich beim Abendessen zu stören. Nun lass' mich sehen, wo du Schmerzen hast!" Monello deutete auf den Stuhl und Giovanni schwang sich auf ihn, als wäre er ein edles Streitross. „Bitte, bleib länger bei mir, oder willst du, dass ein anderer als du, mein Freund, mir die Augen zudrückt. Ich habe dich rufen lassen, weil es mit mir zu Ende geht!" Dem Prinz blieb der Mund offen, als er seinen Freund so reden hörte und er vergaß ihn wieder zu schließen. „Wenn du es selbst sagst, dann wird es auch so sein. Aber ich meine, dass ein Mann wie du mit dem Tod erst ein wenig hadern sollte, ehe er die Beine ausstreckt. Don Monello nickte: „Gieß ein!", rief er. „Was von diesem Wein, noch im Keller ist, soll dir gehören, damit du ihn mit deinen Freunden saufen kannst!"---- Isolde, mein Täubchen, geh' zur Amme Teresa und bete mit ihr einen Rosenkranz. Wir beide haben etwas miteinander zu besprechen." Isolde ging und Giovanni begleitete sie bis zur Tür. Dort blieb er stehen, breit wie ein Baum, hob die Arme und stemmte die Fäuste gegen die Decke, dass die Balken krachten.

„Mir geht die Galle über!", schrie er, „Du musst sterben, mein alter Vater, der doppelt so viele Jahre auf dem Buckel hat wie du, sitzt da unten auf seiner Burg und schießt alle Hirsche und Hasen tot!... Es wird mir kein einziger überbleiben!!"

„Rede nicht so über deinen Vater! Er hat sein Leben aus Gottes Hand, so wie du und ich, er wird wissen, wann seine Zeit gekommen ist. Sei froh, dass du noch nicht herrschen musst. Bis jetzt hast du dein Leben immer genossen. Genießt du es nicht zu jeder Stunde als echter Ketzer, der von Rechts wegen auf den Scheiterhaufen gehört?"

Giovanni lachte dröhnend. „Jetzt glaube ich wirklich, dass es mit dir zu Ende geht, da du versuchst mir Mores zu lehren. O, Monello! Welch ein Ketzer warst du selbst! Erinnerst du dich, wie wir das Grab des heiligen Apollinarius mit Pech bestrichen haben und die Frommen, die es küssen wollten, mit dem Gesicht daran kleben blieben? Oder an Mona Caterina, deren sündhaften Leib wir so lange mit Nadeln stachen, bis sie uns alle Herren verriet, die ihre Gunst genossen haben? Oder? ---- solltest du nichtmehr wissen, wie du in den Fluss sprangst, um deine Gläubiger zum Narren zu halten. Drei Tage haben sie nach deinem Leichnam gefischt. Du aber hast ihnen vom Fenster aus zugeschaut und auf ihre Köpfe gespuckt."
Don Monello nickte vergnügt, die beiden hatten viele dumme Streiche gemacht und erinnerten sich immer gerne daran. „Das, fällt mir gerade ein! Aber wenn du dein Gewissen erforschst, wirst du dich noch an viel mehr erinnern. Manches weiß auch ich nicht! Man sagt aber bestimmt nicht grundlos, du hättest alle Frauen in einer Stadt verdorben, in der du länger als drei Wochen warst!"

„Ich habe sie nicht verdorben, sondern in die Kunst zu lieben, unterwiesen und ich glaube, alle sind mir dafür sehr dankbar. Ich habe früh erkannt, dass ein Mann vor allem drei Dinge können muss: Fechten, Essen und Lieben. Weil ich unermüdlich geübt habe, auch erlernt. Kreuz und quer hauen, kann ein jeder, essen auch und bei schönen Frauen Wolle zausen.----Nur wie er es kann? So schnell vergisst das keine Frau! Auch Isolde wird das nicht vergessen. Nun alter Kumpel komm' näher und hör zu, was ich mit meinem Weib vorhabe. Lange genug habe ich gesehen, wie die jungen Herren um sie herum schwänzeln. Sie denken: Ei, der Monello ist nicht mehr der Jüngste und sein schönes Weib könnte einen jungen Hahn im Korb gut, gebrauchen. Isolde hat vor mir noch nie einen anderen gehabt und denkt, jeder, der ein Wams anhat, kann gut die Wolle kraulen. Das kann ich ihr nicht übel nehmen, ihr Blut ist jung. Sie wird mich immer in ihrem Herzen tragen, dass weiß ich, aber bald wird sie sich nach einem neuen Gemahl umsehen. Herz und Schoß sind zweierlei, was wir so oft im Leben gesehen haben. Nun hör zu! Es würde mich beunruhigen, wenn ich tot wäre und so ein grüner Laffe käme daher und verführte mein Weibchen. Davor will ich Isolde bewahren!

Giovanni hatte bisher schweigend zugehört. Er war etwas besorgt, dass der kellerkühle Wein im Zimmer warm werden könnte, fragte aber dann doch: „Wie willst du das machen?" Dem Sterbenden war nicht entgangen, wie rau, die Stimme, aus der trockenen Kehle seines Freundes klang. Er verlangte nach seinem Becher und sie tranken, wie es in dem Haus Sitte war, zuerst auf das Wohl des heiligen Juliano, dem Schutzheiligen der Herbergen und Patron der Gastfreundschaft.

„Das sollst du gleich erfahren!" Immer wieder schüttelte ihn ein Hustenanfall und aus seinem Mund kam Blut." Komm näher heran, damit du mich verstehst!" Giovanni ritt mit dem Stuhl näher und stützte sein gerötetes Gesicht auf die Fäuste, ein Zeichen, dass er gespannt war.

„Also höre, Gianni: Ich werde Isolde schwören lassen, nach mir keinen anderen mehr zu gehören, nicht als Geliebte und nicht als Eheweib, bis ..." Als das gesagt hatte, sprang Giovanni auf, gab dem Stuhl einen Tritt und schrie: „Wenn du das tust, Monello, dann spuck ich dir ins Grab nach!"

„Sei ruhig!", sagte der. Er wollte lachen aber, es bereitete ihm starke Schmerzen und das Blut rann aus seinem Mund." Heb' den Stuhl auf und setz' dich her und lass mich ausreden!... Ich werde Isolde schwören lassen, nach mir keinen anderen zu gehören, nicht als Geliebte und nicht als Eheweib..., bis ich ihr ein Zeichen gebe, das sie des Eides entbindet!" Giovanni wollte noch einmal heftig auffahren. Da knarrte die Tür und Isolde kam herein. Sie wollte sehen, was da so gepoltert hat. Sie berichtete, dass Don Bartholomäus soeben eingetroffen sei und sich unterdessen die erfrorenen Füße wärmt. „Wir sind noch nicht fertig", sagte Monello. „Gib dem Prior einen großen Becher Wein, er soll noch warten." Als Isolde weg war, fragte Giovanni noch einmal. „Wie willst du das machen?"

Der Sterbende versuchte, sich ein wenig aufzurichten, indem er ein Kissen unter den Kopf schob. Er wies mit der Hand nach einem Bücherbrett. „Bring das dicke Buch mit dem roten Rücken." Als er es auf die Knie nahm, streichelte er zärtlich darüber. „Was du da siehst, Gianni", sagte er mit müdem Lächeln, „ist etwas sehr kostbares! Darin habe ich genau aufgeschrieben, wie wunderbar der Ehehimmel ist, mit all seinen Sternen. Vom ersten Tag an, als Isolde mir gehörte, bis heute. Darin sind alle Tage und Nächte, die wir gemeinsam verbracht haben genau geschildert und mit schönen Gedichten geschmückt. Du selbst hast mich früher immer einen gottverlassenen Poeten genannt, wenn ich die Reize einer Dame in feurigen Sonetten und Kanzonen besungen habe. Aus mir ist kein großer Dichter geworden, dieses Buch aber habe ich für mich und Isolde geschrieben. Ich wollte es ihr später einmal geben, sie bekommt es aber jetzt. Ich werde sie schwören lassen, jeden Tag eine Seite darin zu lesen, nicht mehr und nicht weniger. Wie du siehst sind es genau 512 Seiten. Das sind ein Jahr und fünf Monate. Hier auf dem letzten Blatt werde ich nun schreiben, dass ich Isolde des Eides entbinde, da sie ihren Schwur getreulich gehalten hat. Sie könne sich jetzt einen Gemahl suchen, der ihrer wert und würdig ist." Die Kinnlade des Prinzen war wieder herabgefallen und so starrte er Don Monello an. Diese kluge List erschien ihm ungeheuer und unnachahmlich, eines Dichters würdig. Er erschauderte bis in sein Spitzbubenherz, beim Gedanken, welch eine Qual es für ein junges, verlangendes Weib sein müsse, den Ehehimmel mit all seinen Sternen, so aufgeschrieben zu sehen. Genau geschildert und aufgezeichnet, aber durch einen Eid gebunden, ein Leben der Entsagung führen zu müssen, bis endlich auf der letzten Seite die Erlösung erscheint. Er klatschte sich auf die Schenkel und kratzte sich hinter dem Ohr, schnalzte mit der Zunge und fühlte sich wie ein Knabe, der ein Weib im Bad belauscht. Plötzlich aber hatte er Bedenken und er schaute, wie ein Raubvogel, nach seinem Freund. „Und wenn sie ihren Eid vorzeitig bricht, mein Guter?"

Seine Frage kam ihm vernichtend vor, aber Monello lächelte nur. „Wenn sie den Schwur vorzeitig bricht?...

Ja…ich habe daran gedacht. Wenn sie den Eid vorzeitig bricht, dann nur nach langen, schweren Kämpfen. Der Mann für den sie es zu tun imstande ist, wird ihrer würdig sein. Für diese Stunde der sündigen Lust alleine wäre es wert, das zu tun. Denn du weißt Gianni, solange ich gelebt und geliebt habe, wollte ich die Frauen auf den höchsten Gipfel der Lust und des Glücks führen. Denn es gibt nichts Besseres als Liebe. Wenn nun ein anderer es fertigbringt, dass Isolde ihren Schwur vergisst, so soll sie glücklich sein!…Versprich mir Giovanni, alter Freund und Kumpel, dass du geheim halten wirst, was du erfahren hast. Falls Isolde später noch Bedenken hat, dann sollst du sie zerstreuen… Alles was ich will, ist… Isolde glücklich machen! „ Schweigend drückten sie einander die Hände und Giovanni tat es leid, so einen Freund zu verlieren. Er gab Don Monello das Schreibzeug, und während der die Absolution niederschrieb, gab er sich dem stillen Trunk hin. Leise kratzte die Feder durch die Stille. Hie und da hörte man das Murmeln des Volkes, das noch immer vor dem Haus stand.

Also schrieb er:

IM NAMEN DES EWIGEN GOTTES!

Dies schreibe ich auf meinem Sterbelager – wo du dabei gestanden – und ich danke dir – herzliebste Frau – für dein Mühen und Plagen – so du mit mir gehabt. – ich muss dir sagen – das ich dich nicht hindern wollte – glücklich zu sein – während ich ein seliger bin und mich an Gottes Angesicht erfreue. – Nun – herzliebste Frau – soll der Eid – so du geschworen – zerrissen sein – Null und nichtig – ausgemerzt aus deinem Herzen – dass du nun einem

Mann zuwenden sollst – der in allen Dingen dich glücklich machen kann. Wenn ich verlangt habe – dass du nach mir keines anderen Geliebte noch Eheweib sein sollst – so hab ich es verlangt – damit du erst heranreifst und in Ruhe überlegst – was ein guter Ehemann gewesen – und nicht leicht durch einen jungen Heißsporn zu ersetzen ist.

Nun reiß dieses Blatt aus und trage es zu Don Bartholomäus, dem Prior der Benediktiner und lasse es auch alle Leute sehen, auf dass sie wissen und zur Kenntnis nehmen, dass du weder durch einen Eid noch Versprechen gehindert bist, wieder vor den Altar zu treten und dieses das Zeichen ist, das zu geben ich versprochen habe. Lebe wohl – herzliebe Frau – du mein Täubchen – du mein süßes Herz Isolde. – Zur Bekräftigung, dass es mein Wille ist, den ich bei klarer Vernunft niedergeschrieben habe, folgt hier mein Siegel und auch das meines Freundes Principe Giovanni, Graf von Montorio und Prinz von Paliano.----Niedergeschrieben JANUARI DEN ZWANZIGSTEN ANNO DOMINI 1424

Nachdem er beendet und es seinem Freund vorgelesen hatte, setzte dieser sein Siegel darunter. Nicht ohne seinen Freund einen gottverlassenen Poeten zu nennen, der imstande ist, mit wenigen Worten so kluge Sachen niederzuschreiben. Dann wurde die Decke glatt gestrichen, Krug und Becher fortgeschafft und über das Tischchen ein schöner Brokat gebreitet. Isolde hatte den schweren Christus herbeigebracht und zwischen zwei Kerzen gestellt. Mit wuchtigen Schritten kam Don Bartholomäus. Alle mussten die Stube verlassen, damit Don Monello beichten konnte. Lange war er bei ihm und nur hie und da hörte man seine Stimme, bald zornig laut, bald eindringlich mahnend, worüber Giovanni, der an der Türe lehnte und mit den Sporen daran kratzte, lachen musste. Carletto stand neben seinem Freund und Herrn. Seine Blicke glitten immer wieder zum Platz, wo Isolde saß und stumm den Worten lauschte, die der Doktor zu ihr sprach.

Endlich klapperten wieder die Sandalen des Priors, der nun alle hereinließ. Sie knieten um das Lager als er dem Sterbenden Wegzehrung und letzte Ölung gab. Er wollte mit einer Litanei beginnen, aber Don Monello sagte mit schwacher Stimme, dass er noch einiges zu ordnen hätte, und bat den Prior Giovanni und sein Eheweib Platz zu nehmen und sagte: „Hochwürdiger Herr Prior, herzliebste Frau und Freund Giovanni! Weil es Gott gefällt, dass ich den Tag nicht überlebe, nehme ich Abschied. Ich hinterlasse mein Geld und meine Besitztümer meinem Weib. Es gibt dazu eine Urkunde in der kleinen Truhe unter dem Hausaltar. Mein Leib soll im Garten des Klosters unter einem grünen Hügel beigesetzt werden. Nicht in der steinernen Gruft. Für die Pflege des Grabes spende ich den Brüdern eures Ordens eine Summe, die von Isolde ausbezahlt wird. Auch die Gegenstände, die ich meinen Freunden hinterlasse, wird Isolde verteilen, wie es in der Urkunde steht. Giovanni, du bekommst meinen besten Wein und das Ross „Diabolo", dass du mir voriges Jahr geschenkt hast."

Sein Gesicht wurde grau und schlaff, er hustete stark. Der Doktor griff nach seinem Puls, der Sterbende sprach aber schnell weiter: „Übe immer Gastfreundschaft, wie du es von mir gesehen hast. Bewirte jeden, ob Herzog oder Bettler!" Er schwieg, denn es fiel ihm nicht leicht, zu sagen, was er sich ausgedacht hatte. Aber endlich nahm er seine letzte Kraft zusammen. Isolde konnte ihre Tränen nicht mehr zurückhalten und verstand kaum den Sinn seiner Worte. Er würde leichter sterben, wenn sie ihm das Versprechen der Treue geben würde.

„O Monello!", rief sie, „wie kannst du nur denken, dass ich dich vergesse? Nie ... Niemals in meinem Leben!" Willenlos und aufgewühlt von wildem Schmerz sprach sie vor dem Kruzifix, stehend, mit erhobener Hand die Worte nach, die Monello mühsam vorsprach: „Ich schwöre, dass ich nach meinem Gatten Monello keinem anderen mehr gehören werde, nicht als Geliebte und nicht als Eheweib...so wahr mir Gott helfe! Ich gelobe auch, dass ich in dem Buch, das Monello geschrieben hat, jeden Tag eine Seite lesen werde. Nicht mehr und nicht weniger. Ich soll acht Tage nach der Beerdigung damit beginnen. Ich werde das tun, bis mir Monello ein Zeichen gibt, das mich von dem Eid entbindet, so dass ich wie ein lediges Weib handeln kann und mir einen Liebsten suchen. In ewiger Verdammnis soll ich brennen, wenn ich den Eid breche und kein Erbarmen soll es geben... ...weder auf Erden noch im Himmel...Amen!" Bartholomäus hatte aufmerksam ihren Spruch gehört. Er faltete seine Hände über dem feisten Bauch und betete das Paternoster zur Ehre Gottes. Der Sünder Monello hatte noch in seiner letzten Stunde ein gutes Werk getan.

Zärtlich streichelte die Hand des Sterbenden über Isoldes braunen Scheitel, und als er sie so weinen hörte, tat ihm alles sehr leid.

Von unten drangen Stimmen herauf. Ein hoher Herr musste angekommen sein, den die Wartenden ehrerbietig begrüßten. Giovanni öffnete die Tür gerade zur rechten Zeit. Bicci de Medici trat ein, ein freundlicher, alter Herr, der mit seinen guten, blauen Augen in die des Sterbenden sah: „Nun Freund, warum bereitest du uns solche Sorgen?"

Die inneren Blutungen hatten ihn so geschwächt, dass er kaum mehr sprechen konnte. Mit einer matten Handbewegung begrüßte er den Bürgermeister und alle, die mit ihm gekommen waren. Die angesehensten Bürger der Stadt, Monellos Freunde. „Können wir dir noch etwas Gutes tun?", fragte der Bürgermeister. Der Sterbende flüsterte: „Ach ja, Bicci, lass' die Glocken läuten, ich will sie noch einmal hören!" Sofort wurden Boten zu allen Kirchen und Klöstern geschickt... In der kalten Winternacht hörte man von überall, das Geläute und alle Herzen waren mit Trauer erfüllt. Man hatte das Fenster des Gemaches geöffnet und Monello, horchte. Er sog in seine wunde Brust die kalte Luft, faltete seine Hände zum Gebet und seine Lippen bewegten sich leicht. „San Juliano, bereite mir ein Quartier!", flüsterte er unhörbar. „Wie schön! Wie schön!"...das waren seine letzten Worte.

„Don Monello ist von uns gegangen!", verkündete der Doktor mit feierlicher Stimme. Prinz Giovanni legte seine raue Hand über die Augen des Freundes. Still und friedlich lag er da, bot allen, die ihn sahen, das Beispiel eines christlichen Todes. Sie standen stumm um sein Lager. Isolde, sein Weib, lag über dem Leichnam und raufte sich die Haare. Feierlich brannten die Kerzen... Groß und bleich ging der Mond über der Stadt auf, als wollte er der Seele den Weg zum Himmel zeigen!!

# 2

Eine Woche war vergangen, seit man Don Monello zur letzten Ruhe gebettet hatte. Nun lag er im idyllischen Klostergarten. Die Bäume und Sträucher fühlten schon den Frühling in den Wurzeln. Die Tage der Amseln hatten die Macht des Winters gebrochen und über dem Land lag milder Sonnenschein. In Italien geschieht es oft, dass in den letzten Tagen des Jänners ein plötzlicher Wetterwechsel kommt. Der Himmel wird blau, die Luft erwärmt sich und die Amseln beginnen zu singen, wie im Sommer. Darum nennt man sie dort, die Tage der Amsel. Man benützt diese Zeit zum Spazierengehen, und da man schon einmal draußen war, stieg man die Treppen hinauf ins Kloster um das Grab zu besuchen und zu sehen, ob sein Wille geschehen sei. Man lachte und scherzte dabei, denn die Menschen dachten nicht gerne an den Tod. Sie waren jung und lebten weiter.

Isolde, die Witwe, fühlte sich elend. Es tat ihr weh, wenn sie die Menschen so fröhlich sah. Sie besuchte das Grab ihres Gatten nur zeitig morgens oder abends in Begleitung der Amme Teresa oder Bea, der jungen Magd. Oben auf dem Hügel stand eine steinerne Bank, auf der sie gerne saß und auf ihre Vaterstadt hinunter schaute, in der sie bisher so glücklich gewesen war. Sie fragte nicht nach der Zeit. Sie fühlte sich so müde und zerbrochen und sie dachte an nichts anderes, als ihren Schmerz. Immer wieder durchlebte sie die Tage, von da an, als man Monello sterbend ins Haus gebracht hatte. Sie erlebte noch einmal die Stunden, da man ihn aufhob und forttrug, ihn,... den Geliebten!

Isolde sah den düsteren Sarg im Mittelschiff der Kirche und die Kerzen die still und regungslos brennen. Prinz Giovanni hatte sie gestützt und umsorgt, Teresa, hatte das Riechfläschchen bereitgehalten. Aber sie war stark geblieben. Sie konnte ihren Schmerz kaum fühlen, sie war wie erstarrt. Don Bartholomäus hatte eine feine Totenrede gehalten, sogar die rauesten Männer waren zu Tränen gerührt. Grabesstille war es in der Kirche gewesen, die Worte des Priors dröhnten an den Gewölben. Hie und da stöhnte ein gequältes Frauenherz. Isolde hörte alles. Zu Lebzeiten ihres Gatten war sie oft eifersüchtig gewesen, jetzt aber schien es ihr wie geteiltes Leid, wenn ihn auch andere Frauen beweinten. Wie konnte es auch anders sein? Vierzig Jahre lang war er ein Hagestolz. Er hatte viele Frauen geliebt, und da er ein Mann war, der von den Frauen nie vergessen wurde, war es rührend und schön, Schwestern im Leid zu haben. Sie war aufrecht hinter dem Sarg hergegangen, aufrecht und stolz, mit der Reinheit des Eheweibes. ...Seht her! Ich bin die Einzige, die er zu Recht geliebt hat, bis in den Tod. Den anderen war das natürlich nicht entgangen und sie verbeugten sich ehrfurchtsvoll vor ihr.

Giovanni war ein Mann, der die Tugend und das Laster genau kannte. Bei Tag war er der helle in der Nacht der dunkle Ehrenmann, er war ein richtiger Kerl, über den man manches erzählte. Aber in den Tagen der Trauer hatte er sich wunderbar benommen, deshalb war ihm Isolde auch sehr dankbar und sie war froh, sobald sie seine Schritte erkannte. Oft kam er mit seinem Dichterfreund Carletto, um sie zu zerstreuen. Er kam mit dem grimmigen Erzgießer, vor dessen Auge ein Ding nur Gnade fand, wenn es sich trinken oder einschmelzen ließ. Er nahm den Goldschmied und dessen Sohn Lupo mit, der Doktor der Rechtswissenschaft war, ein ernster, schöner, junger Mann. Isolde sprach wenig, wenn diese Männer bei ihr waren. Sie liebte es den klugen Gesprächen zuzuhören. Die Schilderungen des Dichters oder Lupos kurze, treffende Berichte aus der Stadt. Dann hatte sie ein wenig Freude und ein Lächeln huschte über ihr Gesicht. „Beim heiligen Cyprianus! Ihr habt das Lächeln noch nicht verlernt! Ich glaubte schon ihr seit dem schwarzen Schleier näher als dem weißen!" rief dann einer aus der Runde. Der Gute wusste noch nichts von ihrem Schwur. Sie dachte aber weder daran ins Kloster zu gehen oder wieder zu heiraten, sie dachte überhaupt nichts. Sie war alleine und niemand konnte ihr helfen. Wenn so geredet wurde, schrie Giovanni „Mir schäumt die Galle,... mein Alter sitzt immer noch auf Paliano, während die besten Männer sterben!" und er hieb mit den Sporen auf den Fußboden, sodass sein Freund, das Bein packen und wieder befreien musste.

So hatten ihr Freunde, über die ersten schweren Tage geholfen, indem sie etwas Liebes sagten oder taten. Wer hätte das aber auch nicht gerne getan? Die junge Witwe, halb Weib, halb Kind war von solchem Liebreiz, dass wenn sie über die Straße ging, sogar ganz alte Männer ihre Köpfe nach ihr drehten. Anfangs hatte düstere Melancholie, das strahlende Feuer in ihren Augen gelöscht. Sie schaffte sich mit bitteren Tränengüssen Erleichterung. Stille Trauer hatte sich breitgemacht.

Darum freuten sich die Freunde, dass Isolde einen Anfall von Rachsucht bekam, als man ihr sagte, man hätte den Mörder gefangen und in den Turm geworfen. Sie wollte unbedingt wissen, welche Strafe der Elende bekommen würde und ob sie auch hart genug wäre, um den Tod zu rächen. Als der Schurke aber verurteilt war und sie eingeladen wurde, bei der Hinrichtung dabei zu sein, hatte sie plötzlich großes Mitleid. Da ihre Führsprache den Bürgermeister nicht umstimmen konnte, das Urteil abzuändern, kniete sie zur bestimmten Stunde vor dem Madonnenbild und erflehte eine reuige Sterbestunde. Der Mörder, aber behauptete, Monello mit einem anderen verwechselt zu haben, mit dem er, eines Mädchens wegen, eine Rechnung begleichen wollte. Er benahm sich auf dem Richtplatz wie ein Ketzer und wies den priesterlichen Beistand, hohnlachend zurück. Nach dem Gesetz traf ihn die Strafe des Meuchelmörders: Er wurde mit dem Kopf nach unten in eine Grube gesteckt und lebend eingegraben. Es schauten nur seine Beine heraus, die zappelten, bis er erstickt war. Es war ein großes Schauspiel und eine Warnung für alle, die einen Mord vorhatten. Hoch zufrieden gingen die Bürger nach Hause.

Das war gestern. Heute saß Isolde, einsam auf ihrem Lieblingsplatz im Erker, wie immer wenn sie nach ihrem Gatten Ausschau gehalten hatte. Sie blickte in die Gasse, durch die er früher gegangen war, um endlich zu ihr heimzukommen. Ihre Augen füllten sich mit Tränen, als sie daran dachte, dass das nie mehr geschehen würde. Dann hielt sie es im Erker nicht mehr aus und sie wanderte ruhelos durch das Haus. Sie fand aber dabei auch keinen Frieden, denn jedes Ding, das sie ansah, weckte eine Erinnerung: Tisch, Stuhl und Bett, die Waffen, die Bücher und die Bilder, alle Kunstgegenstände, die Monello fleißig zusammengetragen hatte. Die Mandoline, die er so gerne spielte und auf der er ihr, als sie noch nicht verheiratet waren, oft eine schöne Serenade darbrachte. Überall sah sie ihn sitzen und stehen, durch jede Tür kam er herein, immer heiter und immer bereit zu süßen Zärtlichkeiten.

Sie ging in die Küche zu Teresa, die gerade eines ihrer Tränklein braute. „Eh", sagte die Amme, „was suchst du hier, mein Täubchen? Hier ist nicht der Aufenthalt für eine Herrin! Geh zu deinen Schränken und Truhen, schau, was du besitzt an Gewändern, Spitzen und Geschmeiden. Dann bist du gleich fröhlich, mein Täubchen!"

Da es die Alte so haben wollte und das Tränklein furchtbar stank, ging Isolde in den Garten. Da war alles grün und die Bäume hatten schon große Knospen. Bald würde es Frühling werden. Dann kommen die Bauernweiber mit Veilchen und Primeln zu den jungen Herren, die gutes Geld bezahlten, um ihren Geliebten eine Freude zu machen. Wer würde ihr heuer Primeln und Veilchen bringen?

O Madonna, wie kannst du es zulassen, dass diese Blumen noch blühen, da es niemanden mehr gibt, der sie mir bringt! Versunken in traurigen Gedanken stand sie an der niederen Mauer. Sie wäre noch länger so gestanden, aber im Haus nebenan erhob sich ein wüster Lärm. Es war der Gasthof des Vaters Barbariccia. Die jungen Herren, die dort einkehrten, liebten es sich bemerkbar zu machen. Es begann ein Begrüßen und Scherzen, nach Wein und Essen wurde gerufen und sie machten derbe Späße mit dem hübschen Weib des Wirtes. Dazwischen kläfften die Doggen, die die Herren mitbrachten. Es war ein Höllenradau, gegen den die Obrigkeit nie etwas machte, weil es gefährlich war in ein Wespennest zu stechen. So mussten die Nachbarn, hin und wieder selber Ruhe schaffen. Oft

genug war Monello, in der Nacht bewaffnet mit einem
großen Degen hinübergegangen. Isolde hatte dann immer
große Angst, in ihrem Bett gehabt, denn die Burschen
waren immer zu Händeln bereit. Aber vor ihrem Gatten
und seiner sicheren Klinge hatten sie Angst. Es blieb
nachher, wenn er zurückkam und sich wieder hinlegte,
wenigstens einige Zeit in der Schenke sehr still. Besorgt
dachte sie, was jetzt werden würde. Sie beschloss, Giovanni
zu bitten, für sie ein gutes Wort einzulegen. Da fiel ihr
ein, was er heute am Morgen, zu ihr gesagt hat: „Nun ist
es Zeit, dass ihr zu lesen beginnt!" Es war aber schwerer,
als alles andere, Monellos Wunsch zu erfüllen. Das Buch
steckte wieder im Regal und sie wusste nur, dass es einen
roten Rücken hatte. Sie traute sich aber nicht alleine in
das Sterbezimmer und so rief sie Bea, das Mädchen. Mit
Leuchtern bewaffnet, öffneten sie beide die Tür, um das
Buch herauszuholen. Eine klammerte sich an die andere,
so groß war ihre Angst. Als sie endlich das große Bett
umrundet hatten und glücklich vor dem Regal standen,
klopften ihre Herzen schnell vor Erregung. „Es ist nicht
klug, dass wir uns fürchten!", sagte Bea, wobei sie ihrer
Stimme einen mutigen Klang zu geben versuchte. „Tote
kommen nicht wieder, sagt Pater Bartholomäus."

Ach, wenn sie nur wiederkehrten! dachte Isolde. Sie fuhr
mit dem Finger über die Buchrücken. Manche warengrün,
manche rot-grün. Abschriften der Werke, bedeutender
Dichter und Philosophen.--Dante Alighieri, Petrarca und
Boccaccio konnte man finden, Valla, Boccadelli, Filelfo
und andere. ---Endlich hatte sie das Buch an Monellos
Handschrift erkannt. Sie presste es zärtlich an ihre Brust
und trug es zum Erkerplatz. Sie legte es auf den Tisch,
rechts und links eine Kerze und die Erfüllung ihres Eides

konnte beginnen. Jedoch der Lärm, aus dem Gasthof, ließ sie zögern. Sie brauchte Ruhe. Die weißen Hände auf den dunklen Buchdeckel gelegt horchte sie in den Abend. Bald packte sie der Ärger und sie ging zu Teresa in die Küche, um sich darüber zu beklagen. „Eh!", meinte diese, die eben ihr Tränklein in eine Flasche goss. „Ich weiß nicht, warum sie's heute so arg treiben"? Aber wenn du es wissen willst, gehe ich fragen!" Während Teresa zur Wirtin lief, um Erkundigungen einzuziehen, schlug Isolde den Deckel des Buches auf. Sie las, mit dem Finger auf der Zeile, was da stand:

Brevier der Liebe und Lust
Wie ich sie erlebt habe mit meinem Eheweib ISOLDE
Mir angetraut vor Gott und den Menschen zu
San Miniato am S. Gregoriustag Anno Domini 1420

Lange schaute sie auf das Blatt, auf dem sonst nichts stand. Neugierig legte sie den Finger darunter, um nach dem Weiteren zu sehen. Da hatte sie aber ein Bedenken. Wie nun, wenn das Titelblatt als eine Seite galt und sie heute gar nicht mehr weiterlesen durfte? Nachdenklich stützte sie ihren schönen Kopf in die Hände, so ein Dilemma! Der Lichtschein der Kerzen zauberte eine helle Gloriole um ihr dunkles Haar, matt schimmerten Brust und Nacken. Die weiten Ärmel des Kleides waren zurückgefallen und enthüllten schlanke Arme. Um ihre kleinen Brüste schmiegte sich liebkosend das schwarze Tuch. So bot Isolde ein wunderbares Bild, das sich vom bunten Hintergrund der Glasscheibe deutlich abhob. Unbeobachtet, wie Isolde glaubte, spiegelten, sich in ihrem Gesicht, kindliche Neugier und ärgerliche Ratlosigkeit. Etwas störte ihr Grübeln, sonderbar! Im Wirtshaus nebenan war es auf einmal totenstill geworden. Das konnte nur zweierlei bedeuten: Die Zecher sind augenblicklich allesamt gestorben, oder die Erde hat sich geöffnet und hat die Schenke verschlungen. Isolde beugte sich aus dem Fenster, keinerlei Veränderung in der Gasse. Das Wirtshaus stand noch auf seinem Platz, die Fenster waren hell erleuchtet. Teresa schlurfte herbei und kam ins Haus.

„Eh, mein Täubchen, du wirst staunen!", fing sie an. „Die „Frati godenti"- Die Lustbrüder feiern eine Dame. Wie sie heißt, konnte die Wirtin nicht sagen, weil es ihr bei Strafe verboten ist, ihren Namen auszusprechen. Nun, das war mir zu wenig. So bin ich selber in die Stube gegangen. Vater Barbariccia wollte mich daran hindern. Aber ich habe gesagt: Sehr geehrte Herren, Edle Bürger! Meine Dame Isolde, die nebenan wohnt, bittet, die Herren, ihre Trauer zu berücksichtigen und Ruhe zu halten. Ich bin ihre Amme und habe sie an diesen Brüsten gesäugt! Was meinst du nun, mein Täubchen, was haben sie drauf gesagt? Gar nichts haben sie gesagt. Nur einer mit einem schwarzen Haarschopf ist aufgesprungen und hat gebrüllt: wer noch schreit, der stirbt von meiner Hand! Dann schmiss er sein Florett hin, mit dem er fürchterlich gedroht hatte, verneigte sich und sprach: Sagt Eurer Dame, ehrenwerte Amme Teresa, dass ihr Wunsch uns Befehl ist. Entrichtet ihr einen ehrerbietigen Gruß.

Ich bin der Sprecher dieser Runde, genannt „der Schwarze „– Don Sasso! Was sagst du nun? Täubchen?

Isolde musste so über ihre Amme lachen, dass sie darüber ihren Schmerz vergaß, da die ihren Bericht mit wilden Gebärden verschönert hatte. Es gefiel ihr auch, dass die Herren so galant waren und sie mit ihrer Bitte, genau so viel erreicht hatte, wie Monello mit seinem Raufdegen. Sie bedankte sich bei ihrer Amme sehr herzlich und wollte sie eben wegschicken, als ihr ein kluger Gedanke kam. „Teresa, was steht in der Bibel auf der ersten Seite?", fragte sie.

„Am Anfang war Gott!... Was sollte dort auch anderes stehen, eh?"

„Danke, Teresa, ich konnte mich nicht mehr daran erinnern!"

Nachdem die Amme kopfschüttelnd in die Küche zurückgegangen war, begann sie mit den Aufzeichnungen.

Sie brauchte lange, bis sie die Seite zu Ende gelesen hatte. Als sie ihren Kopf wieder hob und zwischen den Kerzen hindurch an die dunkle Wand starrte, war sie aufgewühlt und furchtbar erregt. Was sie da gelesen hatte, war ihre Ankunft in Monellos Haus, so wie sie es in Erinnerung hatte. Sie sah das Gemach mit Blumen geschmückt und mit Lichtern erhellt. Sie selbst stand in der Mitte und Teresa, zog ihr das wunderschöne Brautkleid über den Kopf und nestelte an ihrer Unterwäsche. Sie hörte die Freunde und Hochzeitsgäste, die auf der Gasse vor dem Fenster „ Hoch „ riefen und die üblichen Zoten rissen. Sie hörte Schritte, rasche, stürmische Schritte, hörte, wie die Klinke ächzte ---o---! Dann stand er vor ihr, so dicht, dass ihre Leiber sich berührten. Er bedeckte ihr Gesicht mit tausenden kleinen Küssen, um sie nicht zu erschrecken. Wie still es im Gemach war! Aber ihre Herzen schlugen ganz laut. Er sprach durch die Stille: Isolde, Geliebte, ich nehme von dir Besitz als mein Weib!... Er machte sie in dieser Nacht zu seiner Frau. Zart und behutsam streichelte er ihren jungen Körper. Überall! Er erweckte in ihr, eine nie gekannte Lust und ihre Neugierde auf das, was noch kommen würde. Ihm selbst fiel es schwer, sich nicht wie ein wildes Ungeheuer auf sie zu stürzen und sie zu nehmen. Er musste sich sehr beherrschen, auch wenn er vor Verlangen, schon ganz gierig war. Wie zart und weich fühlte sie sich unter seinem großen, harten, sehnigen Körper an.

Isolde schlug die Hände vors Gesicht, um diese seligen Stunden im Geist nochmals zu erleben. „Monello, mein Geliebter!", seufzte sie und Tränen tropften auf das Buch. Sie legte den Kopf auf ihre Arme und weinte so lange, bis sie eingeschlafen war.

Im Gasthof war es still. Nur das Tor knarrte, wenn neue Gäste kamen. Auch die Hunde kläfften hin und wieder. Die Runde der „Lustbrüder", aber feierten ein stummes Fest dieser schönen Frau zuliebe.

# 3

Es darf nicht verschwiegen werden wie die „Frati godenti", die Lustbrüder zu ihrem Namen kamen.

Um die Mitte des dreizehnten Jahrhunderts hatte Papst Urban einen Ritterorden unter dem Namen Orden der Heiligen Jungfrau Maria gegründet, dessen Pflicht es sein sollte, ins Heilige Land zu ziehen und gegen die Ungläubigen zu kämpfen. Die Ordensritter aber zogen es vor, daheim zu bleiben und ein unrühmliches Leben voll Lust und Völlerei zu führen. Das trug ihnen den Spottnamen „Lustbrüder" ein. Sie ergatterten, einflussreiche Posten und mischen sich im Handel und in der Politik ein. Deshalb wurde er bald zum Begriff für –vergnügt Leben und nichts arbeiten! Die Runde in dem Gasthof aber war weit entfernt sich beleidigt zu fühlen. Im Gegenteil, sie hefteten diesen Namen auf ihre Fahne um ihre Mitbürger in Angst und Schrecken zu versetzen. Man konnte ihnen nicht nur Schlechtes nachsagen, auch wenn hin und wieder ein Bubenstreich ausgeführt wurde. Es vereinigten sich die Söhne reicher Edelleute und Bürger, die von einer hohen Schule kamen oder eben gingen und das Leben genießen wollten. Natürlich herrschten raue Sitten, weil sie standesgemäß waren. Sie konnten, aber das Gute in ihren Hitzköpfen nicht völlig unterdrücken. Wenn man die Gesetze der „Corona", der Runde, hörte, glaubte man, sie seien ernst und menschenfreundlich. Sie lauteten: Pflege der Gerechtigkeit, Bestrafung: schändlicher Fürsten, Pfaffen und Bürger. Belohnung edler Taten,

Verehrung der Frauen und die dauernde Bereitschaft ihre Begierden und Wünsche zu befriedigen. Förderung der Kunst, Unterstützung der Künstler, besonders der Gaukler und Possenreißer. Pflege der Freundschaft, der Waffenkunde und des Weins. Schutz der Ehefrauen vor gewalttätigen, pflichtvergessenen Männern und der Jungfrauen vor Lüstlingen und Bösewichten. Man muss zugeben, dass diese vielen Verpflichtungen, wenig Zeit zu anderen Dingen ließen. Es war nur recht und billig, dass sich die Herren, nach des Tages Müh und Plage, in der Schenke zum Abendessen trafen, auch weil es dort den besten Wein der Toscana gab. Der Gasthof des Vater Barbariccias, befand sich in einem alten Palazzo, der früher einem Sonderling gehörte. Es sollen sich, so erzählte man, unbeschreibliche Orgien abgespielt haben. Bis der Besitzer an der Pest starb und das Haus verwahrloste. Niemand wollte es kaufen, denn man glaubte, der Alte würde in der Nacht dort spuken. Hundert Jahre war der Palazzo unbewohnt, bis Barbariccia ihn um ein Spottgeld kaufte und eine Schenke darin eröffnete. Er hatte keine Angst vor Gespenstern, denn er war ein Schweizer Landsknecht, der vor einem Feldzug dort abgesprungen war. Er hieß eigentlich Kaspar Öchsli, aber sein fuchsroter Bart, der nach allen Seiten wegstand, hatten ihm den Namen Barbariccia eingebracht, das hieß: Sträubebart! Jeder in der Stadt kannte ihn. Er hatte ein Mädchen geheiratet, Peronella, die Tochter des Bäckers. Sie hatte eine schöne Mitgift bekommen und so hatte er schnell eine Schenke eröffnet, weil es in der ganzen Umgebung keine gab. Am Tag der Eröffnung hatte er sein Landsknechts Wams angezogen und ist mit seiner Trommel durch die Stadt gezogen. An allen Plätzen und Straßen hatte er einen Trommelwirbel gemacht und gebrüllt: Wo trinkt man den besten Wein?---In der Schenke des Barbariccia!---Wo brät man den besten Fisch? – In der Schenke des Barbariccia!---Wo bereitet man den besten Braten?--- In der Herberge des...! Und so fort. Er hatte solches Aufsehen erregt, dass ihm die Stadtwache eine Geldstrafe wegen groben Unfugs aufbrummte. Als er aber heiser und schwitzend, seine Trommel auf dem Buckel, heimgekommen war, hatten sich in seiner Gaststube schon viele Menschen versammelt, welche die Probe aufs Exempel machen wollten. Peronella musste in aller Eile zwei Mägde besorgen, es war ihr unmöglich, den Durst von allen, alleine zu stillen. Bald sprach sich herum, dass man in den Stuben, die nach Schweizer Muster eingerichtet war, nicht nur den besten Wein trinken konnte, sondern es sehr gemütlich war. Die Bürger fühlten sich in der behaglichen, seltsamen Behausung sichtlich wohl. Zwei nette Mädchen brachten Speis und Trank. Die Wirtin bediente selber die Gäste und der Wirt war immer bereit mitzutrinken oder Karten zu spielen sogar im Chor ertönte sein Bass, wenn man ihn brauchte. Wer einen Streich plante, kam zu ihm, um sich zu beraten. Wer ein Ross, ein Tuch oder ein Bett zu verkaufen hatte, tat es bei ihm. Sogar Fechtstunden konnte man nehmen. In einem leeren, geräumigen Zimmer unterrichtete er, die Herrn was ein Landsknechthieb ist. Er ließ seinen Zweihänder über die Köpfe der verdutzten Schüler sausen und zeigte ihnen, wie man sich gegen eine Übermacht wehrt. Dann ließ er sich selber angreifen und parierte die Florette der jungen Herren, so geschickt, dass manches in Stücke sprang und durchs Fenster in den Garten flog. „Was wollt ihr mit dem Kinderdegen anfangen? „Das sind keine Waffen!

Gut genug um Grillen aus dem Loch zu kitzeln, nicht aber einem Mann furcht einzujagen. Der Stich ist nichts, der Hieb ist alles!" Bald handelte er mit Waffen, die er aus Nürnberg und Wien herbeischaffen ließ, und verdiente dabei ein schönes Geld. Die „Corona" hatten eine eigene Stube mit einem Bad. Die schöne Magd Anna hatte nichts anderes zu tun, als die Wünsche der Ehrengäste zu erfüllen, welcher Art sie auch immer waren. Jeden Abend kamen die Lustbrüder zusammen. Jeder berichtete, was er tagsüber gemacht, oder erfahren hat.

Jeden Abend zur selben Stunde war Isolde an ihrem Fensterplatz gesessen, um nach ihrem Gemahl Ausschau zu halten. Keinem der Herren war der Liebreiz Isoldes entgangen. Manches Herz der verruchten Jünglinge hatte Feuer gefangen. So geschah es, dass sie die geheime Schutzpatronin wurde, für die sie tranken, rauften und sangen. Mancher versuchte Monellos Gastfreundschaft aus zu nutzen, um in Isoldes Nähe zu kommen. - Zur Angebeteten! - Aber keiner wurde bevorzugt. Sie war zu allen gleich liebenswürdig und abweisend. Ihre Unnahbarkeit fachte manches Herzensfeuerchen zu einem gewaltigen Brand an. Wenn sie die verlangenden Blicke sah und die tiefen Seufzer hörte, tat sie so als bemerkte sie nichts. Besonders die Freunde, Don Sasso, der Schwarzen und Zepo hatten immer Meinungsverschiedenheiten. Oft wurde von Isoldes Sprödheit und Tugend gesprochen. Aber man wäre nie zu einem Ergebnis gekommen, wenn nicht Sasso auf den Tisch schlug und sagte: „ Isolde hat Angst vor ihrem Mann! Wäre der nicht, dann hätte sie schon längst einen von uns genommen!" Darauf brach ein Tumult aus. Der Redner bekam Beifall und sie schrieben Isolde auf die Liste der unterjochten Ehefrauen und richteten allen Hass auf Don Monello, der stolz einherging trotz seiner grauen Haare. Sie stellten Nachforschungen an und erfuhren für Geld und gute Worte von der Amme Teresa, Bea und Occhio, das es noch nie in der Stadt ein glücklicheres Paar gegeben hätte. Bald waren sie von der Hoffnungslosigkeit ihres Liebeswerbens überzeugt aber sie nannten Don Monello noch immer Ehetyrannen. Jetzt wo er tot war, schwollen Mut und Hoffnung wieder gewaltig an. Wieder schlug Sasso auf den Tisch: „Was eine Henne ist, braucht einen Hahn! Denken wir nach, wie wir ihr dazu verhelfen können. Vermeiden wir es aber ihren Namen zu nennen, damit wir nicht frivol erscheinen!" So war der Lärm, den Isolde in ihrem Garten hörte nur die Einleitung zu einer seltsamen Totenfeier für Monello, dessen Sterben nun als gerecht erkannt wurde. Das müsse gefeiert werden. Dazu gingen die Herren und Hunde in ihre Stube. Nachdem Anna die Krüge, verteilt hatte und gegangen war, erhob Zepo, ein entlaufener Mönch die Stimme: „Kumpane! Brüder in der Gerechtigkeit! Wie ihr alle wisst, hat der Tod uns einen Mitbürger entrissen. Wir hätten also keinen Grund uns mit seiner Person weiter zu befassen, hätte der nicht ein junges Weib hinterlassen, das nun den Nachstellungen der bösen Welt schutzlos preisgegeben ist." Ringsum wurde beifällig genickt. „Da es nun ein offenes Geheimnis ist, dass ... oder gibt es eine Ausnahme? ... die verwitwete Dame unserer Liebe würdig ist, beantrage ich, dass wir ihren Schutz übernehmen und alles versuchen, um ihre Gunst zu gewinnen." Sebastiano, der wegen einiger Übeltaten aus seiner Vaterstadt verbannt worden war, stülpte seine Kappe über den Krug, zum Zeichen, dass er reden wollte und sagte: „Du hast eine schöne Rede gehalten Zepo aber jetzt ersuche ich dich, das Maul zu halten, damit wir zur Tat schreiten können. Wir werden das Haus der Dame Tag und Nacht bewachen, damit wir wissen, was dort los ist und nicht einer in unser Kraut steigt, ehe wir unsere Messer gewetzt haben. Wieder brach ein Tumult aus „ Hoch Sebastiano! Deine Worte sind die eines Weisen! Der Teufel soll uns holen, wenn wir das nicht machen! Wer hält die erste Wache?" Sasso hieb auf den Tisch: „Wer ist dagegen?" fragte er. „Ich nicht!", ließ sich Zepo hören, denn er glaubte er müsse es besonders betonen. „Gut, dann halten Sebatiano und Amadeo die erste Wache. Sebastiano stellt sich hier ans Fenster, von wo er die Gasse überblickt. Amadeo geht in den Garten, damit sich niemand von hinten, einschleicht. Besonders des Nachts müssen wir sehr wachsam sein." „Was geschieht, wenn einer kommt?" „Dann prügeln wir ihn durch, schreien Mordio! Und übergeben ihn der Stadtwache!" sagte Zepo. Laut wurde gestritten, ob man so etwas tun könne. Über jedem Krug hing eine Mütze, da jeder sprechen wollte. Don Sasso musste gewaltig auf den Tisch hauen, um sich Gehör zu verschaffen. „Kumpane!", rief er, „was wir beschlossen haben, ist gut! Sagt mir aber, wie ihr euch das Weitere vorstellt. Können wir alle an der Lust der Dame teilhaben oder kann sie nur einer besitzen? Nehmt den Fall, ich bekomme sie! Glaubt ihr ich werde sie danach einem anderen überlassen? …oder glaubt ihr, dass ich sie behalten und zu meiner Eheliebsten machen werde?" Es folgte ein verdutztes Schweigen. Einer sah den anderen an. Sebastiano ließ sich vernehmen: „Sasso hat vernünftig gesprochen. Oder?... würde einer von euch anders handeln? So war ich da stehe! Mag die Dame mein werden oder nicht, nie würde ich erlauben, dass man mit ihr Schindluder treibt, indem man sie zum Liebchen macht. Sie, in der Nacht über die Mauer kletternd, besuchen, das könnt ihr mit einer Kellnerin tun oder mit einer mannstollen Bürgertochter, nicht aber mit einer Dame. Sie ist mehr wert, als alle Kunstwerke zusammen, in unserer Stadt. Versucht, sie zu erringen, dann soll sie geehelicht werden! Habt ihr verstanden?" Sebastiano hatte allen aus dem Herzen gesprochen. Jeder glaubte, dass nur er der Glückliche werden könnte.Schon brach der Wettkampf aus. Vorerst nur mit Gesten und Gebärden aber das südländische Temperament der jungen Herrn verursachte so einen fürchterlichen Lärm, dass die Doggen, die bisher ruhig unter dem Tisch lagen, hervor kamen und schrecklich zu bellen anfingen. Zepo alleine bewahrte seine Ruhe. Die Pfäffische Behäbigkeit paarte sich mit Pfiffigkeit und Wagemut und so brachte seine Überlegenheit so manchen Vorteil. Er krraulte das mächtige Haupt seiner Dogge Apollo und dachte dabei, wie er seine Kumpel übertölpeln könnte. Anna kam herein. Sie wurde sofort von den Männern gedrückt. Manch eine Hand verschwand in ihrem Ausschnitt und ihre Rundungen wurden auf Echtheit überprüft. Ihre Röcke wurden gehoben, um ihren prallen Hintern zu betatschen und zu bewundern. Es dauerte einige Zeit, bis sie die leeren Krüge fortschaffen konnte, um neue zu bringen. Vater Barbariccia öffnete das Schiebefenster, das in die Küche ging und schrie: „Die Würste sind fertig! Sie müssen warm gegessen werden!" So beschloss man, sich zu stärken und später weiter zu beraten. Peronella brachte die Schüssel mit dampfenden Würsten, Anna kam mit großen Broten und sie musste sich zwischen Sasso und Amadeo setzen und mitessen. Es herrschte kauendes Schweigen. Nach und nach verschwanden die Würste und die Schüssel wurde leer. „Schnapp Apollo! Schnapp Cerberus!" riefen sie und die Hunde schauten erwartungsvoll zu den Wursthäuten auf, die ihnen gegeben wurden. Der reichlich verwendete Pfeffer tat seine Wirkung. Er erhöhte den Durst und das Temperament, der Herren. Mit dem Gefühl, dass man nach dem Wurstessen nicht gleich von der himmlischen Liebe reden konnte, schob man die weitere Beratung noch ein Weilchen hinaus. Zepo, der tüchtigste Esser, saß faul wie ein Klotz auf seinem Stuhl, mit gespreizten Beinen und gefalteten Händen über dem Bauch. „Ich glaube, ich bin satt! Nun singt ein Lied Freunde, das stärkt die Lebensgeister und fördert die Verdauung." So stimmten sie ein Lied an, so unnachahmlich schön, dass die Doggen aus Verzweiflung zu heulen begannen. Die Bürger auf der Gasse blieben stehen und schüttelten die Köpfe. Die Frauen in der Küche stopften sich die Finger in die Ohren. Kaspar Öchsli saß bei ihnen und klopfte mit einem schweren Krug, den Takt. Sie ahnten nicht, dass Isolde, ihre Angebetete, in ihrem Erker saß und lauschte, wie da in allen Tonlagen gegrölt wurde. Endlich drosch Sasso auf den Tisch: „Nun ist es genug, Freunde! Vergesst nicht, warum wir und versammelt haben!"

„Jawohl!" Sebastiano schob die leere Schüssel dem Vater Barbariccia hin, damit er samt ihr verschwinde. Kaum war er draußen, hörte man ihn gewaltig schimpfen. Er schimpfte auf seine biedere Schweizer Art, sodass alle nach der Tür horchten. Durch diese, kam jetzt die Amme. Umständlich brachte sie den Wunsch ihrer Dame nach Mäßigung des Lärms hervor. Don Sasso, der Schwarze, fuchtelte mit seinem Florett, als wollte er alle erschlagen und schreckliche Drohungen waren das Letzte, was aus der

Schenke drang. Als Amme Teresa befriedigt fortgelatscht war, saßen die Kumpel da wie geprügelte Knaben. Keiner wagte es, sich zu rühren. Nur Zepo spuckte im weiten Bogen aus und sagte: „Wir sind ein Gesindel!"

Sebastiano verschwand in der Küche und kam bald darauf mit Decken und Kotzen zurück. Er begann damit Türen und Fenster zu verkleiden. Die anderen halfen ihm dabei. Anna, die darüber lachte, wie sie auf Fußspitzen hin und her schlichen, wurde mit Schimpf und Schande davongejagt. Zepo fand die Sache ungemein lustig und Don Sasso ballte die Fäuste nach ihm. Amadeo der hinausgegangen war, sah staunend, wie die Nachbarn in den Fenstern lagen und fragten, was geschehen sei. „Wir beraten einen Kreuzzug!", rief er zurück. Er stellte sich breitbeinig in den Rinnstein: „Es fehlt uns nur noch der gute Wille. Ehe wir den nicht haben, ziehen wir nicht!"

Der Wirt, der früher so gebrüllt hatte, war jetzt ganz still. Er breitete ein dickes Tuch über den Tisch, damit man das Aufsetzen der Kannen nicht hörte. Er schlich herum wie ein Dieb, puffte Peronella, wenn sie mit dem Geschirr klapperte, und stieg mit der Ölkanne aufs Dach um den knarrenden Wetterhahn zu schmieren. Nachdem die Stube hermetisch vor der Außenwelt abgeschlossen war, stülpte Sebastiano seine Kappe üb er den Krug und redete: „Kränken wir uns nicht Freunde, wenn Zepo sagt, wir seien ein Gesindel. Er irrt sich! Freuen wir uns, dass es uns gelungen ist, ihre Aufmerksamkeit zu erregen. Wir werden dadurch leichteres Spiel haben! Vielleicht verbirgt sich hinter der Beschwerde eine Aufforderung? Nun können wir langsam beginnen, uns ihr zu nähern. Obwohl wir auf ihre Trauer Rücksicht nehmen müssen. Wir sollten würfeln, wer beginnen darf." Beinahe wäre ein Tumult ausgebrochen, aber man besann sich und nickte nur heftig." "Gut", sagte Sasso, "wer die Zwölf wirft, beginnt mit seiner Werbung. Wir anderen unterstützen ihn, bis sich zeigt, dass er kein Glück hat, dann kommt ein anderer dran. Holt die Würfel!" Erregt hockten sie um den Tisch herum, stützten ihre roten Köpfe auf die Hände und nur das Rollen des Würfels und hie und da ein saftiger Fluch unterbrachen die Grabesstille. Don Sasso, Amadeo und Zepo warfen die Zwölf. Sie mussten also noch einmal würfeln. Amadeo warf fünf, Sasso und Zepo je sieben. Sasso nahm den Becher, gab die Würfel hinein, schüttelte ihn zwischen den Fäusten und stülpte ihn um. Fünf und sechs Augen lagen da und man gab Zepo, der nun drankommen sollte, keine Chance. „Elf ist eine schöne Zahl, eine sehr schöne! Oder?" Damit stülpte er den Becher um. „Aufdecken!----Aufdecken!", rief man. Zepa ließ sich Zeit. „Geduld!---So!---jetzt!" Er hob den Becher und stellte ihn hin. Zehn rote Gesichter beugten sich über die Würfel. „Hölle!", schrie Sasso grimmig. Aber es ließ sich nicht ändern. Zepo hatte zwölf Augen. Er sagte kein Wort, nahm seinen Krug, setzte sich in eine dunkle Ecke und begann zu grübeln. Die Kumpel sahen einander an und so mancher schwitzte vor Ärger und Neid. „Auch gut!", sagte Sasso laut. Zepo grunzte in seiner Ecke. Apollo schielte nach einer Fliege, die sich auf seine feuchte Nase gesetzt hatte und lauerte, ob er sie schnappen könnte. „Brav, Apollo!", lobte Zepo seinen Hund. „Bekommst morgen eine Wurst, so wahr ich ein Glückspilz bin!" „Wurst, immer Wurst!" höhnte Sasso. Zepo aber hörte es nicht, er liebäugelte mit seinem Spiegelbild im blanken Krug und fand sich überaus schön.

Draußen klirrten Sporen und eine gebieterische Stimme rief nach dem Wirt. Der riss die Türe auf und meldete: „Seine Herrlichkeit der Prinz von Paliano mit Gefolge!" Die Freunde sprangen auf um ihr Ehrenmitglied, würdig zu empfangen. Giovannis Hünengestalt erschien in der Tür. Ein schwarzer, rot gefütterter Mantel umhüllte ihn. „Gott zum Gruß, Freunde!", sprach der Prinz. „Gebt mir einen Stuhl und eine Kanne und ich erzähle euch, warum ihr allesamt Narren seid!" „ Hier ist der Stuhl..., die Kanne kommt gleich. ...Wir sind neugierig, was du uns sagen willst!" Mit dem Prinzen waren auch Carletto und Lupo gekommen. Man rückte zusammen damit alle Platz nehmen konnten. Anna brachte Wein und errötete unter Giovannis Blicken. „Knarrt die Treppe zu deiner Stube immer noch so laut? Wie früher?", fragte der Prinz oder hast du schon gemacht, dass man lautlos zu dir kommen kann?" „Eure Herrlichkeit scherzen!", antwortete das Mädchen verlegen. Und Carletto , flüsterte Lupo zu: „Welch ein prachtvolles Weib! Es schlummert so viel Schönheit im gemeinen Volk. Sie ist es wert erweckt zu werden!" „Ihr schwärmt, Magister!", raunte Lupo. „Ihr glaubt Seele zu finden, wenn ihr einen schönen Leib seht. Ich wünsche euch kein böses Erwachen, ihr könntet enttäuscht werden!" Der Dichter schüttelte den Kopf." Man muss sie nur suchen, die Seele! Eine Stunde mit dem Mädchen und ich finde sie!" Giovanni machte einen langen Zug aus seiner Kanne, blickte sich um und entließ den Wirt und Anna, mit einer gnädigen Handbewegung. „ich muss mit euch ein ernstes Wort sprechen und euch warnen: Isolde, hinter der ihr her seid, hat ihrem sterbenden Gemahl den Schwur ewiger Treue geleistet. Eure Hoffnungen werden keine Erfüllung finden.

Wendet eure Liebe einer anderen Dame zu. Das wollte ich euch sagen. Ich verlasse euch jetzt, denn ich habe ein dringendes Geschäft zu besorgen. Er trank seinen Krug aus, setzte seine Kappe mit der Habichtfeder verwegen auf den Kopf, raffte den Mantel, gab Gott zum Gruß und entfernte sich sporenklirrend mit seinem Gefolge.

Bestürzt und vernichtet blieben die Kumpel zurück. Noch stand der Becher auf dem Tisch, mit dem sie um das holde Glück gewürfelt hatten. Don Sasso schleuderte ihn im hohen Bogen weg. „Was sagst du jetzt Zepo?", schrie er. Alle starrten in die Ecke, wo der vorher gesessen hatte. Sosehr man auch suchte, sogar unter dem Tisch, wo er gerne lag, fand man weder Zepo noch seinen Hund." „So hat ihn der Teufel geholt!" Der Schwarze starrte vor sich hin als sehe er das grauenvolle Elend. „Überschlafen wir es", entschied Sebastano, der als Erster, die Fassung wiederfand." Vielleicht hat uns Giovanni nur genarrt." „Genarrt? Ja, ja, das sähe ihn ähnlich und sie machten sich schweigend auf den Heimweg.

# 4

Besonders nachts erledigte Giovanni seine Geschäfte, dieser besonderen Art. Er wollte Donna Diana besuchen, die schöne Venezianerin. Sie wohnte in einem kleinen, versteckten Palazzo. Er eilte mit mächtigen Schritten seinen Begleitern voraus und dachte darüber nach, welchen Eindruck, seine Erzählung auf die Freunde wohl gemacht hatte. Noch ehe er es ich aber vorstellen konnte, hörte er seinen Namen rufen. Er befahl dem Diener, der mit der Fackel vorangegangen war, anzuhalten. Er drehte sich nach seinem Gefolge um, die aus der Dunkelheit in den Lichtschein traten. Carletto sprach auf Lupo ein, dessen sonst so lebensfrisches Gesicht, kalkweiß war. „Doktor Lupo will heim und erbittet sich Urlaub!", rief der Dichter. „So ist es Prinz! Ich habe zu viel getrunken, noch einen Becher und ich sterbe!" „Was wir sehr bedauern würden!", erwiderte Giovanni. Er nahm die Fackel und beleuchtete seinen jungen Freund. „Ich habe heute noch ein Abenteuer vor, Lupo, bei dem du eingeladen bist. Donna Diana, der man von dir, schon viel erzählt hat, brennt danach dich kennenzulernen und ich habe zugesagt, dich heute mitzubringen. Lupo lächelte ablehnend und ein wenig verächtlich „Danke, Gianni! Heute ziehe ich mein Bett allen anderen Freuden vor. Wenn du mir aber erlaubst, dass ich dir eine Frage stelle, möchte ich mit dir reden. Der Prinz kniff den Mund zusammen, lang und schmal, wie ein Messerschnitt. „Gut, ich bin neugierig und begierig, was du mich fragen willst! Carletto, du kannst inzwischen weiter gehen. Der Mond ist soeben aufgegangen, man kann die Fackel löschen!" Der Diener tauchte die Fackel in eine Pfütze, in der sie zischend erlosch. Die beiden Männer standen auf der weiten, einsamen Piazza. Ihre großen Gestalten warfen im Mondlicht fantastische Schatten. Ein Glockenspiel kündigte Mitternacht an. „Jetzt kannst du fragen!" Der Lärm war verstummt und es war wieder Ruhe eingetreten. „Ist es wahr, was du den ‚Lustbrüdern' erzählt hast?" Der Prinz hatte längst diese Frage erwartet. Er verzog sein Gesicht zu einem rätselhaften Lächeln. „Hätte ich es sonst getan?" Er betrachtete Lupo, der blass und vergrämt auf die Erde starrte, mit freundlichem Interesse. Der junge Doktor blickte auf und sah den spöttischen – mitleidigen Zug in Giovannis Gesicht. „Erspar dir dein Bedauern, Prinz!", brauste er auf. Er kam einen Schritt näher und legte die Hand auf seinen Degengriff, als wollte er eine Beleidigung rächen. Mit klirrendem Gleichschritt kam die Stadtwache über den Platz auf die beiden Männer zu. „Was sucht ihr hier?", donnerte der Anführer, in der Meinung einen guten Fang gemacht zu haben.

„Scher dich zum Teufel!", knurrte der Prinz durch die Zähne, „sonst trägst du zum letzten Mal die Uniform!" Dem Schergen fuhr der Schreck in die Glieder, als er den Prinzen und den Sohn des Capitano erkannte. Er grätschte eiligst die Beine, stieß die Hellebarde grüßend zur Erde, schritt nach rückwärts und verschwand mit seinen Knechten in der nächsten Gasse. „Du bist ein Narr Lupo!", sprach er weiter. „Es fällt mir nicht ein, dich zu bedauern. Was hilft's? Der Schwur wurde vor Zeugen gemacht und wir alle haben das Nachsehen. Wenn wir Männer sind, werden wir nicht zeigen, welchen Strich uns Monello durch die Rechnung gemacht hat. Lupo löste seine Hand vom Degen und reichte sie hin „verzeih, Gianni", bat er, „du weißt ja nicht, wie sehr ich sie liebe!" Giovanni nahm die kräftige Hand des jungen Gelehrten, presste und knetete sie, strich darüber hin, als gehöre sie einer schönen Frau. Drehte den großen Rubinring, der daran steckte, und ließ ihn endlich behutsam los. Er hatte Mitleid mit dem jungen Mann. Er war bestimmt der Beste, klug, schön und stark, so richtig, der Witwe die Trauer auszutreiben. Was tun? Ihm sagen, dass noch nicht aller Tage Abend sei, weil die Sonne sich verfinstert? Er überlegte, um das Richtige zu machen. Zu früh! Noch viel zu früh! Aber er beschloss, seine schützende Hand über Isolde und Lupo zu halten. Er würde nicht gestatten, dass ein anderer daher käme. „Dir würde ich sie gönnen. Ich rate dir: Erhalte dir Isoldes Freundschaft, bewache sie und stehe ihr bei, aber mach ihr das Herz nicht schwer. Sie ist ein junges Weib, das noch nicht weiß, was Einsamkeit ist. Mich wirst du immer als Freund haben!" „So dank ich dir", rief der Doktor, schwer fühlte er den Wein in seinem Kopf. Er umarmte den Prinzen, küsste ihn auf beide Wangen, und ehe der noch etwas sagen konnte, eilte er davon.

Giovanni stand nun einsam auf dem großen Platz. Im Brunnen plätscherte das Wasser und eine Katze, die den Frühling in ihrem Pelz fühlte, miaute jämmerlich nach einem Kater. Rabenvieh verdammtes! dachte Giovanni und er begann zu knurren wie ein wilder Hund. Die Katze verstummte ängstlich. Dann aber wurde sein Herz weich und es begann zu schmelzen. Wie gut! dachte er in stiller Rührung, dass wir Menschen keine Katzen sind! Wie weit müsste man dann Violetta, mein Weib, miauen hören, das daheimsitzt und mich herbeisehnt. Plötzlich, wie kam das nur, er hatte Sehnsucht nach seiner verschmähten Gattin, die schön wie Circe und treu wie Penelope war. „Oh, Violetta!", rief er wehmütig scherzend, heute würde ich dich nicht abweisen. Aber der Weg von hier zu dir ist weit. Wen wundert's, dass ich einen Kürzeren nehme?" Er schlug eilig die Richtung, nach Donna Diana Palazzo ein.

Sehnsüchtig hatte Julia, die Magd, auf ihren Herrn, Lupo, gewartet. Sie musste ihn bedienen, wenn er nach Hause kam. Mehrmals hatte sie heißes Wasser nachgeschüttet, wenn es kalt zu werden drohte. Nach dem Abendessen geschaut, damit es nicht eintrocknet. Längst schlief der alte Goldschmied schon. Nur sie wachte noch, damit wenn er heimkommt, alles bereit ist. Wo mag er sein? Dachte das Mädchen, die ihre Eifersucht nur schwer bezwang. Da hörte sie Lupos Schritte. Zitternd lief sie mit dem Leuchter hinunter. Da stand er, an einen Pfeiler gelehnt, als hätte er nicht die Kraft, ins Stockwerk hinauf zu gehen. „Was ist euch Herr?", flüsterte das Mädchen. Dann aus Angst um ihn: „Wo warst du Lupo?" Er überhörte die ängstliche Frage. „Ich fühle mich nicht wohl, ich will mein Bad und dann schlafen!" Er stieg hinauf, warf sich auf sein Lager. Julia entkleidete ihn. Zuerst die Stiefel und den Wams. Vorsichtig öffnete sie, seinen Gürtel und zog ihm die Hose aus. Vom vielen Wein und vor Verzweiflung über die traurige Nachricht fühlte er sich krank, wie niemals zuvor. Nun ist es zu Ende, alles aus! An etwas anderes konnte er nicht denken. Julia hatte ihn nackt ausgezogen und half ihm in den Zuber. Das tat wohl! So wird das Feuer brennen, in dem die Seelen ihre Sünden büßen. Er hocke im Zuber und Julia rieb und bürstete seinen Körper geduldig. Mit ergebener

Freude wusch das schöne Mädchen den Körper ihres geliebten Herrn. Auch wenn sie manchmal rau darüber strich, so war es nur eine Liebkosung. Sie hoffte, dass ihr Herr das fühlen würde. Doch heute war Lupo krank. Julia erkannte es gleich, denn er blieb so teilnahmslos, spritzte nicht nach ihr und fasste sie nicht um die Mitte, wie er es sonst machte. Sterbenskrank war er! Julia aber wusste ein Mittel gegen den vielen Wein. Sie schleppte einen Eimer kalten Wassers heran und goss ihn, dem Ahnungslosen über den Kopf. Seine Krebshaut hatte sich in eine Gänsehaut verwandelt und zähneklappernd kroch der Geduschte aus dem Schaff. Julia hüllte ihn in ein großes Tuch und knetete und frottierte ihn, besonders an ihren Lieblingsstellen. Er musste sich auf sein Lager legen und sie bestrich seinen Leib mit einer Salbe. Erst hinten und dann vorne, damit seine Haut ganz weich wurde. Sie kämmte sein Haar und zog ihm dann ein blütenweißes Nachthemd über, das gerade in Mode gekommen war. Nur reiche Leute konnten sich diesen Luxus leisten, die Armen schliefen nach wie vor nackt. Lupo sah nun wieder ganz gut aus und Julia freute sich über ihren Erfolg. Er saß am Rand des Bettes und schaute zu, wie sie seine Kleider aufhob und sorgfältig über den Stuhl breitete. Er verlangte den Spiegel und schaute sich lange in ihm an. Julia glaubte, Lupo noch nie so sehr geliebt zu haben, wie eben jetzt und setzte sich neben ihn auf das Lager. Eine Weile war vergangen und er hatte sie nicht fortgeschickt. Da legte sie ihren Arm um ihn, so wie sie es früher immer machen durfte. Dem Lupo aber stand der Sinn nicht nach Liebkosung. Sanft löste er sich aus ihrer Umarmung, denn er wollte sie nicht kränken.

„Geh, Julia, ich bin wirr im Kopf und sehe Sterne vor den Augen! Der Prinz hat mich von Schenke zu Schenke geschleppt, überall hat es viel Wein gegeben. Ich will schlafen, Julia! Geh und lass mich alleine!" Das Mädchen saß schüchtern am äußersten Rand des Bettes. „Lass mich bei dir sein", bettelte sie. „Ich möchte dich halten, bis du eingeschlafen bist!" nichts weiter. Lupo kämpfte mit sich, sagte dann freundlich aber bestimmt: „Ich will nicht, dass du hier bleibst, du musst gehen. Schlaf gut!" Er presste sie einmal ganz fest an sich, küsste sie auf den roten Mund und schob sie sanft zur Tür hinaus. Lupo kehrte zum Lager und zu seinen schweren Gedanken zurück. Nun ist es zu Ende! Alles zu Ende! Dachte er immer wieder. Er wurde ganz trübsinnig. Plötzlich erinnerte er sich weit zurück, als er noch ein Knabe war: Er spielte im Garten seines Vaters mit dem Töchterchen des Altgesellen, Isolde. ----Ach sie konnte Schnecken nicht leide! Er aber hatte sie gesammelt, wo immer er sie fand und dann hatte er sie über Isoldes Kleidchen und über ihre dünnen Beinchen kriechen lassen. Ins Haar hatte er sie gesetzt, dass sie vor Entsetzen in die Werkstätte floh. Sein Vater und der Altgeselle kamen dann mit langen Stöcken heraus und züchtigten den Bösewicht. Aber sie hatten sich trotzdem lieb, immer waren sie beisammen und jeden Apfel und jeden Kuchen teilten sie. Die braune, zarte Isolde war sehr beliebt. Auch die Nachbarsbuben hätten gerne mit ihr gespielt. Aber Lupo erlaubte es nicht. Wüste Schlägereien gab es da, Ohrfeigen und Nasenstüber und oft hallte der Platz vor dem Haus vom Geschrei. Zepo, der Sohn des alten Obsthändlers half ihm Isolde zu verteidigen. An heißen Sonntagen liefen sie zu einem Tümpel hinab, um baden zu gehen. Sie lagen im

Gras, das so wunderbar roch, und aßen die Früchte, die sie am Weg gepflückt hatten. Manchmal waren sie auch zärtlich miteinander. Lupo wurde schwindlig, wenn er daran dachte. Er war damals ein Knabe und Isolde ein kleines Mädchen. Ihr kleiner dünner Körper schimmerte so hell aus dem Gras und Lupo, kräftig und braun gebrannt, hatte Angst sie anzugreifen, damit er ihr nicht wehtat. Hast du auch wirklich keine Schnecken, Lupetto? Fragte sie Isolde misstrauisch, ehe sie ihm erlaubte, dass er sie zärtlich umarmte und still bei ihr lag. Wie glücklich war er damals! Er machte alles, was Isolde Freude bereitete: Bäume schütteln, dass die Früchte niederregneten, kleine Fische fangen und den Kuckuck nachmachen, was er so gut konnte…Doch eines Tages erschrak er fürchterlich, als er merkte, dass er nicht mehr still bei ihr liegen konnte! Was hast du? Fragte sie: sag's mir! Sag's mir doch!! Da war die schöne Zeit vorbei, er hatte nicht mehr den Mut mit ihr zum Tümpel zu gehen. Warum nur? Er wusste es selbst nicht! ----Ich werde Isolde heiraten! ---- hatte er beschlossen. Er ging zu Isoldes Vater und rückte, nachdem er eine Weile herumgeredet hatte, mit seinem Anliegen heraus. „Ich hab nichts dagegen Junge", er strich sich über seinen mächtigen Bart, „aber erst musst du etwas sein. Dein Vater ist reich, aber es beschämt einen Mann, wenn er von dem lebt, was er geerbt hat, ohne Neues dazu zu schaffen. Du bist in einem Alter, in dem man ein Handwerk erlernt. Rede mit deinem Vater, der ist klug. In ein paar Jahren können wir weiter reden. Hand drauf! Freudig legte er seine kleine Hand in die Große. Schon am Nachmittag rief der Vater seinen Sohn zu sich in die Stube. Tags darauf stand er als jüngster Lehrling in der Werkstatt der Goldschmiede.

Isolde musste ab jetzt alleine im Garten spielen.

Lupo machte die Arbeit viel Vergnügen, geschickt, wie er war, machte er bald schöne Ketten, Ringe und Geschmeide. Als Gesellenstück machte er einen kostbaren Ring. Sein schönster Tag in seinem Leben war der, an dem er ihn an den schlanken Finger Isoldes stecken durfte. Sein Vater und der Altgeselle hatten ihre Einwilligung gegeben und er sollte vor Isolde hintreten und um sie werben. Auch wollte er ein feines Sprüchlein aufsagen. Als es aber dazu kam, und den beiden Vätern, schon die Tränen der Rührung in die Augen schossen, war er so verwirrt, dass er nichts mehr herausbrachte. Er gab ihr den Ring, stumm wie ein Fisch ohne sie, vor Verlegenheit, auch nur anzusehen. Das Mädchen hatte etwas anderes erwartet, wurde rot und dann bleich, raffte das Kleid und lief weinend in ihre Kammer. Lupo stand zwischen den beiden Alten, musste sich Fragen und Vorwürfe anhören und konnte nichts anderes tun als ratlos, den Kopf schütteln. Gib Acht, ich richte es noch!, sagte sein Vater und er ging zu Isolde. Die aber hatte ihre Tür verriegelt und wollte niemanden anderen sehen als ihre Amme Teresa! Das waren böse Tage für Lupo. Immer wieder dachte er darüber nach wie er das Unheil, das er angerichtet hatte, wieder gut machen könne. Isolde grüßte ihn freundlich, aber sie waren wie Fremde. Als hätten sie keine gemeinsamen Erinnerungen.

Brunetto, ein junger Gelehrter war in die Stadt gekommen, um Geheimschreiber bei dem Bürgermeister zu werden. Bald hatte er Isoldes Zuneigung. Er unterrichtete sie in Lesen, Schreiben und Rechnen, auch in fremden Sprachen, sodass sie bald sehr gescheit war und die Geschäftsbücher seines Vaters führen konnte.

Stundenlang wanderten sie durch die Stadt und unterhielten sich über kluge und hochintelligente Dinge. Lupo sah schweigend zu. Eines Tages aber, als er sah, dass Brunetto Isoldes Hand ergriff und zärtlich drückte, packte er den jungen Doktor beim Kragen und am Hosenboden, trug ihn, sosehr er auch strampelte, über den Hof und schmiss ihn zur Haustüre hinaus, nachdem er ihm ein paar mächtige Maulschellen verpasst hatte. Den Gesellen, die Zeugen waren, liefen vor Lachen die Tränen über die Wangen und auch die Alten lachten. Isolde aber stand stumm und bleich neben der steinernen Bank, auf der sie mit Brunetto gesessen hatte, maß Lupo mit einem vernichtenden Blick, raffte ihr Kleid, wie schon einmal und floh in ihre Kammer.

Lupo hatte seine Tat zu bereuen!!Der Magistrat verlangte von Lupo, dass er sich entschuldigen müsse, denn er hatte einen ihrer Diener beleidigt. Lupo war stolz und wollte eher die Stadt verlassen als das zu tun, dann hätte er aber als Verbannter nie mehr zurückkommen dürfen. Darum fügte er sich, als sein alter Vater ihn eindringlich darum bat. Vor den versammelten Oberhäuptern der Stadt reichte er Brunetto die Hand, worauf dieser ihm verzieh und er nach Hause gehen durfte. Isolde traf sich aber weiter mit dem Gelehrten und setzten, jetzt vor dem Stadttor ihre hochgelehrten Gespräche fort. Warum rollst du mit den Augen? rief Isolde, als er sie einmal finster maß. Weil ich über Dinge rede, die du nicht verstehst? Dir fällt es leicht, als Handwerker, einem klugen Herrn, tätlich zu beleidigen. Was der im kleinen Finger hat, hast du nicht in deinem großen Kopf! Du solltest dich schämen, Lupo! Sie war so wunderschön erregt, als sie das sagte, und wies so verächtlich, graziös mit ihrem kleinen, rosigen Finger auf Lupo, dass er am Liebsten ihre Hand genommen und nie mehr losgelassen hätte. Aber er starrte sie weiter finster an, bis sie gegangen war.

Mein kleiner Finger muss genau so gescheit werden, wie der von Brunetto! Eine Woche später verabschiedete er sich von seinen Freunden und ging nach Bologna, um dort zu studieren. Ich werde dir zeigen, Isolde, dass ich kein Hundsfott bin! Drei Jahre lang widmete er sich eifrig dem Studium der Rechtswissenschaften. Ein Jahr arbeitete er bei dem Bürgermeister von Bologna als Sekretär. Dann kehrte er heim, um Isolde als Eheweib des Monello zu sehen. Wir haben dir davon nichts geschrieben, sagte sein alter Vater, es hätte nichts genützt. Isolde hat dich längst vergessen und nun ist sie mit Don Monello sehr glücklich.

Lupos, vom Studieren gestählter Geist überwand den Kummer. Die Wissenschaft war jetzt seine Geliebte und er hatte ein Handwerk, das er in Mußestunden ausüben konnte. Es gab Frauen genug, die sich nichts sehnlicher wünschten, als Doktor Lupo, der genauso schön wie klug war, ihr eigen zu nennen, sei es auch nur für eine Nacht. Die Stadt lag Lupo zu Füßen. Alle warben um seine Freundschaft, vom Bettler bis zum reichen Bürger. Er stellte sein Wissen als Rechtsgelehrten in den Dienst der Armen und Enterbten, was ihm wenig Geld aber viel Ruhm und Anerkennung brachte. Isolde schien allen Groll vergessen zu haben. Monello lud ihn zu sich ein und er war bald ein unentbehrlicher Gast an seiner Tafel. Er trank wenig, weil er den Wein nicht mochte, aber er führte immer kluge Gespräche. Der Schmerz über sein verlorenes Lebensglück verstummte mit der Zeit. Don Monellos Tod wühlte ihn auf, es gab neue Hoffnung aber die wurde heute jäh vernichtet.

Lupo saß, nur mit seinem Nachthemd bekleidet, auf seinem Bett, erfüllt von Schmerz und voll Zorn auf Gott, der das zugelassen hatte. „Ich weiß, wer schuld daran ist!", sagte er zu sich selbst. „Don Bartholomäus trägt die Schuld. Er hat Don Monello dazu überredet von Isolde den furchtbaren Eid zu verlangen!" Er hob die Fäuste gegen den unbarmherzigen Himmel. „Gib mir ein Zeichen, damit ich weiß, was ich tun soll!" Lupo sprang auf und lief mit großen Schritten durch das Zimmer. Nach allen Regeln der Logik durchdachte er den Fall, ob es möglich sei, einen erpressten Eid für Null und Nichtig erklären zu lassen. Er hielt eine Rede pro und kontra, als stünde er vor Gericht und er ereiferte sich so sehr, dass es ihm heiß wurde und er ein Fenster öffnete. „Wozu das alles? Bin ich es, den Isolde nach Monello liebt? Wird sie jemals nach diesem stolzen Mann, einen anderen lieben?" Gewiss wird sie das tun! Giovanni hat gesagt: Isolde ist ein junges Weib, das noch nicht weiß, was Einsamkeit bedeutet. Ha! Und wenn sie es eines Tages erfährt? Wenn sie nachts erwacht und ihre Hand nach dem Geliebten ausstreckt und sein Lager ist leer? Wenn sie, gequält vom Verlangen nach Zweisamkeit, durchs Haus wandert? Jung, wie sie ist und voller Leben? Was dann, Lupo? Was dann? Rede, Rechtsgelehrter und sag, was ein junges Weib gegen das Verlangen ihres Herzens tun darf? Plötzlich hatte er eine Erleuchtung: „ Roberto! Der muss mich beraten!" Eilig kleidete er sich an.er wählte einen Mantel mit einer großen Kapuze und schlich die Treppe hinunter. Niemand hörte ihn, nur Bianca, die Hauskatze, schnurrte verliebt um seine Beine und wollte mit auf die nächtliche Reise. Durch die Fenster der Halle fiel fahles Mondlicht. Lautlos zog er den schweren Riegel zurück. Die Türe knarrte in den Angeln und weckte ein Mädchen, das eben eingeschlafen war und von einem jungen Gott geträumt hatte. Lupo eilte rasch davon und merkte nicht, dass ein Fenster geöffnet wurde und ihm, wer nachschaute. Julia hatte ihn, im Schatten verschwinden gesehen, aber sie konnte es nicht glauben. Leise, mit bloßen Füßen schlich sie zu seiner Kammer. Es brannte die Kerze auf dem Tisch, aber das Bett war leer, unberührt. Darum! Dachte Julia. Darum also! Sie warf sich schluchzend auf das Bett und weinte um ihren geliebten Herrn.

Lupo lief auf das Kloster zu. An einer kleinen Pforte betätigte er den Klopfer. Die Mönche benützten ihn, damit sie nachts, wenn es nötig war zu einem sterbenden gerufen werden konnten. Nach einer langen Weile schlurften, langsam Schritte heran. Der weißbärtige Pförtner fragte durch das Guckloch was er wolle. „Ich muss Bruder Erasmus sprechen!", stieß Lupo ungeduldig durch das lange Warten hervor. „Komm nach der Frühmesse!", entschied der Mönch. „Die Brüder wollen schlafen. Bald ruft die Glocke zu Morgengebet!" „Bruder Erasmus ist mein Beichtvater"; log Lupo, „Ich muss ihm schnell, eine schwere Sünde beichten, die mich nicht schlafen lässt. Macht auf Bruder, ihr bekommt eine Kerze für euren Heiligen." Diesem Angebot konnte der Pförtner nicht widerstehen. „Warte ein wenig", sagte er, als Lupo eintrat, „ich schaue, ob Bruder Erasmus noch wach ist!" Er trat in den düsteren Hof und schaute zu den vergitterten Fensterchen hinauf, hinter denen die Mönche von Gott oder wenn sie jung waren, auch von anderen Dingen träumten. „Soeben hat er sein Licht gelöscht", meinte der Pförtner, als ich herkam, brannte es noch. Steigt die Treppe hinauf und tastet euch fünf Türen weiter. Dort ist er!" Lupo gab dem Mönch eine Münze und machte, wie es ihm gesagt wurde. Ehe ihm aber die Zellentür geöffnet wurde, musste er noch einmal Rede und Antwort stehen.

„Macht wieder Licht, Bruder Erasmus, hier ist einer der dringend euren Rat braucht!" Lupo sah eine Zelle, die nichts enthielt als ein schmales Lager, einen harten Betschemel unter einem großen Kruzifix, einen Stuhl und einen Tisch. Bruder Erasmus, ein junger Mann mit asketischen Zügen, hob die Kerze und beleuchtete Lupo, der an der Türe stehen geblieben war. Stumm betrachteten sie sich und keiner wollte reden. Über Erasmusens Gesicht huschte ein Schein, der Freude oder Entsetzen sein konnte. „Du, Lupo", sagte er, leise und mit unverhohlener Neugier, er stellte die Kerze hin und verschränkte die Arme vor der Brust. „Warum kommst du zu mir, wie du weißt, bin ich für die Welt gestorben." „Ich bitte dich um deinen Rat, nur du kannst mich wieder aufrichten. Höre also: Ich liebe eine Frau. Durch ihre Anmut und seltene Schönheit hat sie mich gefesselt. Ich verlange nach ihr. Isolde erinnere dich, wie viel ich dir in der Schule in Bologna von ihr erzählt habe. Ihr Gatte starb vor wenigen Wochen, nachdem er, sie den Schwur ewiger Treue schwören ließ. Sag mir, gibt es ein Mittel, die junge Witwe davon zu befreien?" Der Mönch richtete sich zur vollen Größe auf, sein Gesicht wurde streng und abweisend." „Geh hin, woher du gekommen bist, ich kann dir nicht raten. Liebesdinge kannst du mit einer Kupplerin besprechen. Frage mich nicht nach den Gelüsten der Welt, von der ich mich abgewendet habe. Gehe in Frieden!" Lupo ging nicht. „Oh Roberto!", rief er, „ich kenn dich nicht wieder. Bist du der Freund meiner Studienjahre? Bist du der, den die Frauen mit ihrer Gunst überhäuft haben? Bist du es, der die geknechteten Bauern gegen ihre Herren aufhetzte? Bist du es, der den Stadthauptmann auf offenem Markt erdolchte, weil er dir deine Liebste geraubt hatte? O Roberto!" „Hinweg!", rief der Mönch. „Erinnere mich nicht! Schwer genug büße ich mein früheres Leben, indem ich mich hier verstecke. Lass mich in Frieden!" „Hilf mir Roberto!", flehte Lupo. „Don Bartolomäus, der Prior ist es, der ein Ränkespiel treibt. Gibt es ein Mittel dagegen?" Isolde hat geschworen, als ihr Geist verwirrt war und um einem geliebten Menschen, das Sterben zu erleichtern. Soll sie nun ewig daran gebunden sein? Die Angst treibt mich zu dir. Die Angst Isolde noch einmal zu verlieren. Ich habe sie doch schon einmal, durch meine übergroße Dummheit verloren! Bruder Erasmusens Gesicht wurde noch bleicher als vorher. Er setzte sich auf sein Bett und zog Lupo neben sich. „Sag mir, was du weißt, dann sag ich dir, was ich darüber denke!" Lupo wusste wenig, aber den Verdacht und die feurige Art, mit der er ihn begründete, weckten in dem Mönch, unterdrückte Gefühle. Bald brannte er darauf, wie Lupo, Isolde aus den Händen des Priors zu befreien, in dem sie in ihm, den schwarzen Teufel sahen, der nach der weißen Taube griff. „Der Schwur, den sie vor Zeugen machte, bindet ewig", sagte der Mönch. „Schwere kirchliche und weltliche Strafen stehen darauf, wenn man ihn bricht. Du kannst nur eins machen, mit Isolde in ein fremdes Land ziehen, wo niemand euch kennt!" „Unmöglich!...Isolde ist fromm, nie würde sie einen heiligen Eid brechen! Eigentlich müsste sie davon entbunden werden, vor aller Welt und dem Himmel!" Erasmus lächelte: „Vertraue der Zeit Lupo", flüsterte er geheimnisvoll. „Die Zeit bricht Eide und das Verlangen, wird sie vergessen lassen. Wenn Isolde nie dein Eheweib werden kann, so doch deine Geliebte, die dich umso heißer liebt. Vertraue der Zeit, Lupo, wie ich ihr vertraue. Ich will auch nicht, hier meine Tage verbringen und sterben. Noch immer suchen mich die Schergen, aber sie werden bald müde sein. Hilf mir, Lupo, meine Vergangenheit abzuschütteln und ich helfe dir, deine wieder zu finden. Schlag ein! Kräftig drückten die beiden Männer einander die Hände. Sie wussten noch nicht, was sie tun sollten, sie waren aber zuversichtlich und das war schon der erste Schritt. „Mache weitere Erkundigungen und ich werde unterdessen Don Bartholomäus aushorchen, den ich gut kenne. Geh in Frieden, Lupo, der Himmel wird der Gerechtigkeit zum Sieg verhelfen!"

Nach Hause gekommen fand er Julia auf seinem Bett schlafend vor. In ihrem Hemdchen lag sie da und hatte die nackten Arme um den tränen nassen Polster geschlungen. Lächelnd betrachtete Lupo das liebliche Bild. Nicht jeder Mann hatte das Glück, so eine Magd zu haben. Er blies das Licht aus, zog seine Kleider aus, stieg ins Bett und schloss Julia herzlich in seine Arme. Sie erwachte und stieß einen leisen Schrei aus: „Lupo, du mein lieber Lupo!", flüsterte sie immer wieder. Sie war so froh, dass sie gar nicht merkte, wie Lupo sich versprach und sie Isolde nannte.

# 5

Alle in der Stadt redeten über Isoldes Schwur. In jeder Schenke und bei jeder Tafelrunde flüsterte man darüber.

Zurückgezogen und ergeben lebte Isolde in ihrem Haus. Sie freute sich, wenn besorgte Freunde auf Besuch kamen. Sie merkte dabei nicht, was sich dahinter verbarg. Wollten sie die junge Witwe erheitern oder ablenken, ihr ein Lächeln entlocken und einen frohen Blick? Die jungen Herren wollten es nämlich noch immer nicht glauben, was Giovanni, Lupo und Don Bartholomäus sagten. Es wäre völlig hoffnungslos und unnütz, zu werben. Sie hatten ihre besten Kleider angezogen und spazierten stundenlang durch die Gasse, die bald zu einem Korso geworden war. Jeder, der einen Rang hatte, und auf sich etwas hielt erschien in den Abendstunden. Wie wurde der beneidet, der Isoldes Haus betreten durfte. Ob er nun jung war oder alt, er zog sich sofort den Neid der anderen zu. Giovanni, Carletto, Sasso, Zepo und Brunetto wurden gehasst und mit den Augen geviertelt, wenn sie in der Gasse auftauchten. Giovanni aber, von dem es hieß, er sei der, der seine Angel auswerfe, war der Erzfeind, dem man die Pest wünschte. Der wusste das und verhielt sich auch so.

In einem roten Mantel, mit dem er den frommsten Stier hätte reizen können, in gelben Strumpfhosen und schwarzen, goldbestickten Schuhen, Stulpen und Handschuhe aus französischem Leder, die Kappe mit der Habichtfeder verwegen auf dem Kopf, kam er täglich am Abend. Er ging geradewegs auf das Tor des Palazzo zu, an dem ihn Occhio mit einer tiefen Verbeugung begrüßte und hinein begleitete. In respektvollem Abstand kam das Gefolge. Da war die Gasse wie reingefegt. Hinter jeder Ecke, Mauervorsprung und Säule aber lugten die Herren hervor. Sie gingen aber nicht, bevor Giovanni wieder herausgekommen und verschwunden war. Isolde beachtete das Treiben kaum. Wenn die Sonne schien, saß sie in ihrem Garten an der Mauer, ein frommes Buch auf dem Schoß. Der Frühling kam näher und alles wurde langsam grün. Isolde hatte Angst, warum wusste sie selber nicht. Vielleicht ahnte sie, dass der Frühling auch Sehnsucht bringen würde, eine ungenützte Jugend und Verlassenheit, die schmerzte. Was wollten die Menschen von ihr, die ständig einen Reigen um sie tanzten? Sie waren allesamt nichts gegen ihren unwiederbringlichen Monello.

Sie saß schon viele Stunden in dem Garten, aber sie war nicht alleine. Don Bartholomäus war gekommen, um ihr Trost zu sprechen. Don Sasso hatte seine Aufwartung gemacht und gefragt, ob sie noch Beschwerden hätte. Carletto war mit einem neuen Sonett herbeigeeilt und zugleich Giovanni entschuldigt, der einen wichtigen Brief an seinen Vater zu schreiben habe und darum heute nicht kommen könne. Auch Zepo hatte sie besucht. Sooft sie die rundliche Gestalt ihres Jugendfreundes durch den Garten kommen sah, musste sie lächeln. Er glich einem Fass, das auf zwei dünnen Beinen durch die Welt spaziert. Er trug einen dunklen Mantel, wie ein Student oder Ratsherr, um seinen Bauch lief ein schmaler Gürtel, an dem ein Geldbeutel, ein Dolch und die Hundepeitsche hing. Die Haare waren kurz geschnitten, so dass sein Kopf mit den Pausbacken und den fröhlichen Äuglein,

ein wenig kindisch aussehen ließ. Die Daumen seiner fleischigen Hände steckten in dem Gürtel, worauf sich dieser noch mehr spannte und den Bauch in zwei Halbbäuche teilte. Jeder hätte genügt einen Mann zu verunstalten. Isolde konnte Zepo gut leiden. Immer wusste er Späße und Neuigkeiten, die er so gut wie kein anderer erzählen konnte. Die beiden hatten einander immer geneckt, selbst in Gegenwart von Monello, der, helle Tränen lachte. Seit seinem Tod war Zepo ernst und besonnen. Er saß wieder über seinen Büchern, die er, seit er aus dem Kloster davongelaufen war, nicht mehr angesehen hatte. Er bewarb sich um eine Stelle in der Stadtverwaltung, hielt das aber vor seinen wüsten Freunden ängstlich geheim. Mit Isolde tauschte er Kindheitserinnerungen aus oder heuchelte Reue über sein ruchloses Leben, die er am Ende wirklich empfand. Nach Zepo kam Brunetto, der jetzt Sekretär des Bürgermeisters war und eine geachtete und einflussreiche Persönlichkeit in der Stadt. Schon an der Türe, erkundigte er sich bei Occhio, ob Lupo da wäre, denn dann würde er das Haus auf gar keinen Fall betreten. Zepo konnte den Sekretär nicht ausstehen, wollte er doch selbst einer werden und ging auf seinen dünnen Beinchen fort. Er hätte zweifellos die „Lustbrüder", dazu veranlassen können ihm gelegentlich eine Tracht Prügel zu verabreichen, aber er brauchte dessen Wohlwollen zur Erlangung einer Schreiberstelle dringend. Brunetto setzte sich auf die Bank und begann eines seiner gelehrten Gespräche, denen Isolde früher ja nur gelauscht hatte, um Lupos Eifersucht zu erregen. Welch, ein dummes Kind war ich damals! Dachte sie. Ich habe Lupo doch lieb gehabt! Oder nicht? Sie erinnerte sich kaum. Monello hatte sie mit so großer Leidenschaft umworben und gewonnen. Diese Liebe unterdrückte alle Gefühle, die vorher und nachher waren. Aber sie begriff nicht, wieso sie Brunetto, dem Lupo vorgezogen hatte, der ein ehrliches, scheues Herz besaß. Der Schreiber war ein aufgeblasener Narr, der sich auf sein Wissen zu viel einbildete.

Oh, wie er sie langweilte! Wenn doch endlich Giovanni käme! Dann fiel ihr aber ein, dass er sich entschuldigen ließ und sie dachte nach, wie sie den Sekretär, loswerden könnte: „Heute abends will ich das Grab meines Gemahls besuchen. Seid bitte nicht böse, wenn ich euch nicht länger Gesellschaft leisten kann!" Brunetto erhob sich sogleich und bot seine Begleitung an. Isolde musste das Angebot annehmen! Sie ging ins Haus, legte einen Schleier um, rief Bea herbei und verließ mit ihr und Brunetto den Garten durch die Hintertür. Langsam stiegen sie den Weg zu Kloster hinauf. Zu dieser Zeit sah man nur heimkehrende Schafherden und verliebte Paare, die oft stehen blieben, um in die Stadt hinunter zu schauen. „Wartet hier!", bat Isolde ihre Begleiter an der Pforte des Klostergartens und ging alleine weiter.

Dort lag das Grab, von einer Hecke umgeben und beschattet von einer alten Platane. Auf einem mächtigen Marmorblock stand Monellos Name. Isolde zog ihr Tüchlein aus dem Ärmel, breitete es über den Rasen, raffte ihr Kleid und kniete nieder. Die gefalteten Hände auf den Grabhügel gestützt, den Kopf geneigt, sprach sie ein langes Gebet zum Seelenheil des Verstorbenen. Sie fühlte, wie feucht die Erde war, merkte, wie die Schatten in den Garten niedersanken, hörte das geheimnisvolle Raunen in den Wipfeln und das Schreien der Fledermäuse, die eben erwacht waren. Sie hatte keine Angst, was hätte ihr hier auch geschehen können? Plötzlich glaubte sie ein Seufzen zu hören, dann ein leises Lachen. Kalter Schauer lief ihr über den Rücken. Wo bin ich? dachte sie. Wo bin ich? Sie richtete sich auf und blickte sich um. Es war dunkel geworden und der Mond lugte durch die Bäume. Hinter der Hecke, die das Grab umgab, flüsterte es. Isolde bog ängstlich die Zweige auseinander und spähte durch. An einer steinernen Bank standen zwei gestalten: ein Mann und eine Frau. Sie konnte sie deutlich sehen. Der Mann war Tonio, der Sohn des Totengräbers, der hier arbeitete. Er hatte ein Mädchen mit, das mit ihm scheinbar sehr gerne zu diesem verborgenen Platz gekommen war. Tonio sprach leise und eindringlich. Seine Gesten verrieten, dass sie ihn noch nicht erhört hatte. Isolde verstand kein Wort, aber sie wusste, was hitzige Jünglinge in solchen Stunden redeten. Die beiden spielten das alte Spiel: Beide wollen das Gleiche, tun aber so, als müssen sie sich s erst überlegen. Tonio nahm das schöne Kind um die Mitte, küsste es und flüsterte was ins Ohr. Sie lachte und kicherte eine ganze Weile. Dann wurden die Worte immer weniger aber die Zärtlichkeiten immer mehr. Isolde sah, wie Tonio das Mädchen immer wilder und leidenschaftlicher küsste. Er fuhr in ihre Bluse und liebkoste die Brüste, hob ihre Röcke und streichelte sie zwischen den Beinen, um schließlich selig auf die Bank zu sinken. Im Mondlicht sah sie die hellen Beine, die hoch in die Luft gestreckt waren, und hörte den ewigen Rhythmus der Liebe. Selbst die Nachtigall, die das Treiben der Menschen in der Nacht, im Frühling schon kannte, schwieg einen Augenblick lang. Dann aber sang sie noch lauter und schöner um etwaige Lauscher von dem Geschehen abzulenken.

Isoldes Herz klopfte wie wild. Sie ließ die Zweige aus und stand eine Weile, das Gesicht in den Händen verborgen, an den Grabstein gelehnt. Unweit versanken zwei junge Menschen in einem Taumel der Liebe. Der alte Mond goss sein magisches Licht darüber und freute sich daran. Er sah auch den Zaungast, das junge Weib, er war der Erste, der ihre Liebesnot erkannte.

Brunetto und das Mädchen waren schon beunruhigt, weil sie so lange ausgeblieben war. Sie hatten die Bank verlassen und wollten gerade in den Klostergarten gehen, da merkten sie, dass Isolde ihnen entgegen lief. Sie war blass und verstört. Brunetto schrieb diese Erschütterung, dem Besuch des frischen Grabes zu und tröstete sie. Rascher als sie hinaufgestiegen waren kamen sie hinunter! Isolde bedankte sich vor ihrem Haus für die Begleitung. Sie schloss sich in ihr Zimmer ein und ging daran wie alle Tage so auch heute durch die Lesung einer Seite, Don Monellos Wunsch zu erfüllen. Was ist mit mir geschehen? Ich fühle in meiner Brust den Frühling! Der Erker, in dem sie immer mit ihrem Buch saß, war ihr Verließ, in dem sie schmachtete, die engen Kleider nahmen ihr den Atem, das schwere Haar drückte ihren Kopf nieder. Es wurde ihr unerträglich und sie begehrte dagegen auf. Sie löste ihr Gewand und warf es von sich, kauerte sich auf das Bett und begann die Seite weiter zu lesen: Du kamst ins Zimmer --- du warst so schön, mein Herz, das sprang --- als hätt zum ersten Mal, ich dich gesehn. Das Kleid, das du anhast, hüllt liebkosend den Leib. Ich breite die Arme, komm schnell liebes Weib. Sie war in seine Arme geflogen und Monello hat sie umarmt und geküsst. Er hatte ihr das neue Kleid aus gezogen und unter lachen und küssen in sein Bett getragen. Da es draußen regnete, blieben sie den ganzen Tag, eng umschlungen liegen und fütterten sich gegenseitig mit Weintrauben. ... Danach schlief sie ein und träumte vom Totengräbersohn Tonio und seinem Mädchen. Sie träumte, selber das Mädchen zu sein und auf dem Rasen seinem Werben zu erliegen. Tonio wechselte aber spukhaft seine Gestalt. Bald war es Giovanni, bald Lupo oder Brunetto, sogar in Zepo verwandelte er sich. Endlich aber wurde er Monello, der ihr so vertraut war. Isolde träumte, dass es Nacht sei und sie von vielen Männern verfolgt, davon gelaufen war. Bald durch Mondlicht, bald durch dunkle Schatten. Hinter ihr rannten die Verfolger. Ihre Schuhe klatschten auf dem Pflaster, sie hörte sie keuchen und prusten, ein Stöhnen und Rufen, immer wieder ihren Namen: Isoooolde! Einer war schneller als die Anderen. Sie erkannte sein Gesicht --- Lupo! Er hielt einen Ring -in seiner Hand und rief: Isoooolde! Isolde! Sie aber hatte große Angst vor ihm. Sie lief und lief über Felder und Wiesen, über Mauern und Hecken, viele Stufen hinauf, bis sie vor Monellos Grab stand. Blaue Flammen loderten und plötzlich erschütterte ein Donnerschlag die Luft, die Erde spaltete sich und Monello stand da. Den Degen in der einen Hand und in der anderen eine goldene Fahne, auf der ein rotes Herz, leuchtete. Er schrie: Geht weg ihr Buben! Berührt nicht, was mein ist!! Don Bartholomäus, trat in einer weißen Kutte, aus dem Kloster, die Hände über dem Bauch gefaltet und sprach: Für die Entsagung bekommst du deinen Lohn im Himmel!

Oh, welch furchtbarer, erschreckender Traum!

Als Isolde erwachte, saß Teresa an ihrem Bett. „Eh, mein Täubchen, warum rufst du so laut?", fragte die Amme und wischte ihr den Schweiß von der Stirne. „Man könnte glauben, du wirst ermordet! Hast du schlecht geschlafen? Willst du ein Tränklein für den Magen?" Schlaftrunken flüsterte Isolde „Ach Teresa, es ist so traurig alleine zu sein!" Die Amme, legte ihr Gesicht in kluge Falten. „Hab keine Angst, mein süßes Wickelkind! Hab Geduld!---- Kommt Zeit, kommt Rat!" Isolde ertrug Teresas Reden nicht." Geh, lass mich alleine! Ich werde nicht mehr so böse Dinge träumen. Geh nur!" Teresa schüttelte ihren weißen Kopf und ging. Isolde drehte sich hinüber, wo Monellos Kissen lag. Es war ein schönes Kissen, mit Spitzen und Bändern verziert und nach Rosenwasser duftend. Wie Julia im Hause, Lupos und wie viele einsame Frauen vor und nach ihr, schloss nun auch Isolde das Kissen, worauf der Kopf des Geliebten geruht hatte, in die Arme, vergoss viele Tränen, herzte und küsste es und gab ihm viele zärtliche Namen. Dann schlief sie wieder ein und hatte bald den bösen Traum vergessen.

Zur selben Zeit, in der Tonio den Klostergarten mit seinen unheiligen Gelüsten entweihte, saß Bruder Erasmus bei dem Prior. „Nun steht eurem Kloster ein schönes Erbe zu, hochwürdiger Herr", sprach der Mönch. „Oder wollt ihr den Sündern zur Seligkeit verhelfen, ohne schon vorher, hier auf Erden eine kleine Steuer einzuheben?" Don Bartholomäus hob seine Nase aus dem Krug, wo er sie gerade versenken wollte. „Ich verstehe euch nicht, ihr müsst mir sagen, welches Erbe ihr meint!"

Ei, du heuchlerischer Weinschlauch, ich krieg dich! Dachte der Mönch, während er ganz unterwürfig lächelte: „Es fällt mir nicht ein, mich in eure Geschäfte zu mischen. Ich muss gestehen, dass ich auf das Glück eures Ordens neidisch bin. Ihr seid ein tüchtiger Prior und verhelft eurem Orden zu Reichtum. Der Obere meines Klosters ist ein einfältiger Mann, der nicht im Schlaf an das Wohlergehen seiner Brüder denkt. Er sorgt auch nicht für die Pracht und Herrlichkeit unseres Heiligen. Zu seinen Freunden hat er nur Bettler und das gemeine Volk. Er kennt keinen so vermögenden Mann wie Don Monello, es gewesen war." Der Prior, dem ein Licht aufgegangen war, rückte näher, holte unter dem Tisch eine Kanne hervor und versuchte sehr schlau auszusehen: „Ich verstehe es vortrefflich, den Pelz auf seinen Wert zu schätzen. Ich muss euch aber gestehen, dass das Geld, welches Don Monello meinem Kloster stiftete, karg bemessen ist und in keinem Verhältnis zu seinem Reichtum steht." „Darum habt Ihr auch dafür gesorgt, dass der Reichtum keinem anderen zufällt", warf der Mönch mit fröhlichem Augenzwinkern ein. „Oder? Wisst ihr schon, in welchem Kloster die junge Witwe ihren Schwur erfüllen wird"? Don Bartholomäus hätte am liebsten mit der Faust auf den Tisch gehauen, so dumm war er nicht. Darum verbarg er seine Regung hinter einem starren Gesicht und sagte nichts weiter als: „In welchem Kloster das sein wird, hat keine Bedeutung, sondern wann! Donna Isolde ist mein Beichtkind und hat mir anvertraut, dass sie den Schleier nehmen wird."

Das ist gelogen! Dachte Bruder Erasmus, der innerlich lachte. Aber er ahnte nicht, dass er selbst es war, der eben den Prior auf diesen klugen Gedanken gebracht hatte. Jetzt habe ich deine Pläne erfahren, du Höllenbraten dachte er noch. Jetzt kann ich gehen. Beim Abschied blinzelten sie einander zu, wie zwei Verschwörer, die es auch so gemacht hätten. Der Prior ließ es sich nicht nehmen, seinen gescheiten Freund bis an die Pforte hinab, zu begleiten, wo er ihm als Trost und Maulpflaster ein volles Geldsäckchen in die Hand drückte. Bete, damit alles gut ausgeht zu unseren Heiligen, und komm bald wieder, denn ihr seid ein guter Mann, mit dem man reden kann!"

Bruder Erasmus lief den Berg hinunter. Es war ein Glück, dass der Prior sein Gesicht nicht sehen konnte. Es war stahlhart und scharf, von einer Kühnheit, die schrecklich war und entschlossen wie damals, als er noch „Roberto" hieß und dem schurkischen Stadthauptmann, auf offenem Markt den Dolch zwischen die Rippen bohrte.

Es war Sonntag und die Sonne ging strahlend auf. Isolde erwachte von Teresas zarten Püffen und erkannte am Glockenläuten, das es höchste Zeit war, sich zum Kirchgang vorzubereiten. Sie fühlte sich stark und frisch, freute sich, wieder einmal unter Menschen zu kommen. Durch die Gassen eilten Bürger und Bürgerinnen. Man hörte, die Absätze ihrer Schuhe auf dem Pflaster klatschen. Auf dem Gesicht so mancher jungen Frau lag noch das Glück einer vergangenen Nacht und so mancher Ehemann, pries im Stillen, das der Tag so früh und herrlich angefangen hatte. Die Jungfrauen trippelten vorsichtig damit ihre Strümpfe nicht hinunterrutschten. Dazwischen stolzierten Jünglinge, stolz wie Hähne, Handschuhe mit prächtigen Ringen an den Händen und auf den Kappen Pfauenfedern, die noch warm waren von den gerupften Vögeln. Von allen Seiten strömte das Volk.

Auch Prinz Giovanni kam daher, hinter ihm sein Gefolge und dahinter die „Lustbrüder", die immer dort waren, wo es was zum Sehen gab. Man brachte den Bürgermeister in seinem Tragesessel und die Menge machte ein Spalier, damit er zur Kirche kommen konnte. Noch immer läuteten die Glocken: Bong – bong, bong – bong!

Der Campanile warf einen Schatten über den Platz, auf dem sich die Hunde der Bürger herumtrieben.

Isolde kam spät. Sie wusste nicht, welchen Gürtel sie nehmen sollte und welcher Schmuck zu ihrer Trauer am besten passen würde! Amme Teresa und Bea mussten sie beraten und das hatte Zeit gekostet. Sie ging zu dem Kirchenstuhl, auf dem ihr Wappen war, und setzte sich. Der Stuhl neben ihr blieb leer, es war der des Seligen. Rundherum saßen die Ehrenbürger, Ratsherrn, Schöffen, Doktoren und Zunftmeister. Adelige und geistliche Herren, von denen man glaubte, dass sie Gott am nächsten wären. Weiter hinten, bis hinaus auf die Stufen, standen oder kniete das Volk und hoffte, dass auch sie ein Zipfelchen von dem Segen abbekamen, der auf die Herrschaften, aus nächster Nähe herabfiel. Isolde senkte die Augen, so viele Blicke waren auf sie gerichtet. Mit fromm gefalteten Händen hörte sie die Messe, aber es gelang ihr nicht andächtig zu sein. Sie entdeckte in ihren Gedanken manches, dass eine kleine Sünde war. Sie merkte nicht, dass man sich zum Evangelium erhoben oder zur Wandlung niedergeworfen hatte und sie war sehr verlegen. Die würdigen Bürger und Bürgerinnen aber, die schon alt waren, dachten: Seht, seht, wie wirr und gramgebeugt die junge Witwe ist! Wie züchtig sie die Augen niederschlägt. Wirklich ein tugendhaftes Weib!!

Endlich war die Messe zu Ende. Das Volk drängte hinaus auf den Platz und es bildeten sich Gruppen und Paare, die scherzten und lachten. Gaukler und Krämer priesen laut ihre Waren und Künste an. Dazwischen suchten die Hunde ihre Herren. Isolde atmete auf als sie, aus der dunklen Kirche, in die Sonne kam. Vom Weihrauch und Wachsgeruch hatte sie Kopfweh bekommen und sie wäre gerne mit den anderen vor das Stadttor gegangen, um den Morgen zu genießen. Ihre Trauer aber verbat ihr dieses Vergnügen. Das ist ein großes Unrecht! Dachte sie: Warum gehen die Menschen nicht fort? Warum gaffen sie so? Warum kommt niemand und führt mich nach Hause? Wo ist der Prinz? Sie schaute vorsichtig über den Platz und sah seinen roten Mantel. Er war von Frauen und Männern umringt und machte keine Anstalten zu ihr zu kommen. Sie sah Lupo, Brunetto und Carletto, verzückt in den Himmel starren, an dem weiße Tauben flogen. Auch die „Lustbrüder" standen da mit gespreizten Beinen und prahlten um die Wette. Es war ihr, als wäre sie in einer Festung vom Feind umgeben und eingeschlossen. Da sollte sie durchgehen? Durch diese werbenden, verlangenden Blicke, durch dieses Scherzen und Grüßen? Sie wurde schwach, sie hatte Angst, die schreckliche Angst, mitten unter den jungen Herrn hier in Ohnmacht zu fallen. Sie klammerte sich an Bea und sah flehend in die Runde, ob sich jemand ihrer erbarmt. Der Bürgermeister, der gerade mit Brunetto sprach, hatte es bemerkt. Er trat auf Isolde zu, entblößte sein weißes Haupt und wies mit einer schönen Handbewegung auf seine Sänfte. „Darf ich euch bitten meine Sänfte zu beehren, so steigt ein! Meine Knechte sind nicht gewöhnt, eine so zarte Last zu tragen, aber sie werden euch unbeschädigt nach Hause bringen!" Biccis Stimme hatte man auf dem ganzen Platz gehört. Da kamen auch die Ratsherren und Bürger mit ihren dicken Frauen. Längst hatten sie die frechen Blicke, der jungen Herrn bemerkt und sie umgaben Isolde wie eine Leibwache. Ein Raunen und Zischeln ging über den Platz. Eine Woge des Eifers und der Empörung. Die Bürger, die sich hervor tun wollten, wurden von den „Lustbrüdern" für eine Tracht Prügel vorgemerkt. Errötend besteigt Isolde den Tragstuhl des Bürgermeisters. Sie weiß nicht wie ihr geschieht.--- und er selbst geht daneben her, die Pelzmütze in der Hand, den Blick gerade aus gerichtet, in die Menge hinein, die ehrfürchtig, eine Gasse bildet. Eilig turnen die jungen Herren auf den Mauern herum, um das Schauspiel von oben zu sehen. Wie ein Heiligenbild wurde Isolde durch die Gassen, zu ihrem Palazzo getragen. Vollbusige Frauen schlossen sich ihren Männern an, wie gereizte Drachen und jeder, der es gewagt hätte Isolde mit einem unehrenhaften Blick zu streifen, wäre ihrer Wut zum Opfer gefallen. Auf dem Domplatz standen die Männer um Giovanni, dessen Kinnlade heruntergefallen war. Es dauerte lange, bis er sie wieder hinaufhob. „Seht!", sprach er dann, „so ehren und beschützen wir die Tugend! Geht und macht es genauso!" Danach eilte er mit Carletto und anderen Günstlingen zum Frühschoppen.

Das war ein wunderbares Schauspiel, von dem man noch lange in der Stadt sprach!

# 6

Immer wenn Prinz Giovanni, ein Bedürfnis hatte, ging er durch das schmale Gässchen zu Donna Diana. In dem kleinen, mit erlesenem Geschmack eingerichteten Palazzo fühlte er sich wohl, wohler als irgendwo anders. Hier wohne Behaglichkeit und Vernunft, sagte er immer. Es betrübte ihn, dass man zwei Dinge, die man im Leben brauchte, verborgen halten musste. Giovanni hütete Donna Diana und ihr Haus. Wer zu der schönen, rotblonden Venezianerin gelangen wollte, hatte in Giovanni ein unüberwindliches Hindernis oder einen Gönner, der gerne bereit war ein gutes Wort einzulegen. Er liebte es vor seinen Freunden mit seiner Geliebten anzugeben. Drückte aber auch beide Augen zu, wenn der eine oder der andere Schmerzen hatte, von denen ihn nur die holde Dirne befreien konnte.

    Seit 1380 war es in Italien Gesetz, dass lose Frauen stets Handschuhen und ein kleines Glöckchen an ihrer Kopfbedeckung tragen mussten. Sie durften nur in Vororten oder entlegenen Straßen wohnen. Sie galten von Rechts wegen als verächtliche Geschöpfe, denen man bei Sonnenschein auswich. Auch den Gottesdienst durften sie nur, an der Kirchentüre anhören. Wie überall und zu jeder Zeit hatten die Behörden mit rauflustigen Herren Wucherern, Quacksalbern und anderen Schädlingen des Volkes die größte Nachsicht. Verurteilten aber die ausgestoßenen Mädchen, die keinen hohen Beschützer hatten mit der ganzen Strenge. Die geringsten Verstöße hatten die schwersten Strafen zur Folge. Donna Diana aber, nahm eine Sonderstellung ein, denn sie hatte einen Gönner. Keine der entehrenden Vorschriften fand auf sie Anwendung. Sie trug Handschuhe aber die waren mit Perlen und Edelsteinen geschmückt. Wenn sie mit Diabolo, dem Ross das ihr Giovanni, nach Monellos Tod geschenkt hatte, vor die Stadt hinausritt, saß ein Jagdfalke auf ihrem Arm, der ein kleines Glöckchen an seinem Beinchen hatte. Überall begegnete man ihr wie einer Fürstin, und wenn sie zum Abendessen lud, fühlte sich jeder geehrt und ausgezeichnet, ob Ratsherr oder Richter.

Sie hatte ihre Schönheit in Venedig und Mailand entfaltet und war sogar in Rom die Geliebte eines Orsini. Hierher war sie gekommen, weil sie von der Schönheit dieser Stadt gehört hatte. Es gab viele reiche Männer, die den Trost einer klugen Frau brauchten. Giovanni erkannte sofort, welch eine Perle sie war. Er räumte ihr alle Hindernisse aus dem Weg und verhalf ihr zu einem Aufstieg voll Pracht und Glanz. Er nahm ein hübsches Sümmchen und kaufte einen verwaisten Palazzo. Ließ Diener, Pferde und Hunde kommen. Die Kleider aus Paris, Juwelen aus Venedig und gab sie überall als seine Geliebte aus, die vor Sehnsucht nach ihm, gefolgt war. Diana war durch eine gute Schule gegangen und klüger als die meisten anderen Frauen, sie erkannte sofort, welch gutes Geschäft sie mit Giovanni machen konnte. Sie spielte die Rolle des Fürstenliebchens mit solchem Talent, dass der Prinz oft sehr erstaunt war. Nie nahm sie Geld für ihre Gunstbezeigungen, nur Juwelen, kostbare Gewänder, seltene Bücher und wertvolle Kunstgegenstände. Was ihr gefiel, behielt sie, was überflüssig war, verkaufte sie, sodass sie ihm nach und nach die Summe, die er für sie ausgegeben hatte, mit Zins und Zinseszinsen zurückzahlen konnte. Jeden Abend, nachdem Giovanni, Isolde besucht hatte, ging er mit seinen besten Freunden, zu Dianas Palazzo, wo er längst erwartet und herbeigesehnt wurde. Wie bei allen Frauen ihres Schlages liefen auch bei ihr viele Fäden zusammen. In harmlosen Gesprächen zwischen Liebkosungen verstand sie es, ihren hohen Besuchern manches Geheimnis zu entlocken. Noch am selben Tag erfuhr der Prinz davon und er benützte es für seine verschiedenen politischen und finanziellen Geschäfte. Hätte sie es gewollt, wäre ihr Haus zweifellos der Sitz vieler Verschwörungen geworden. Die nach Macht strebenden, jungen Adeligen und Bürgersöhne waren unzufrieden. Forscher und Gelehrte suchten nach Erkenntnissen und Wahrheit und brachten dabei ihr Leben in Gefahr. Sie fanden bei Diana die Gelegenheit zu diskutieren und frei ihre Meinung zu sagen. Bei so manchem jungen Künstler griff sie in die Truhe und unterstützte ihn. Giovanni sah es gerne, dass Diana der Mittelpunkt des geistigen Lebens in der Stadt war. Für ihn, sehr nützlich und er scheute sich daher auch nicht, Rat und Belehrung anzuhören. So oft, wenn er einen gelehrten Mann kennenlernte, schleppte er ihn sofort zu ihr, um ihr eine Freude zu machen. Denn manchmal ist ein kluger Mann besser, als ein vor Kraft strotzender mit einem schönen Körper. Lupo hatte bisher immer eine Ausrede gefunden, wenn ihn der Prinz mitnehmen wollte. Nicht, weil er ein Feind leichtlebiger Frauen gewesen wäre, die zu dieser Zeit gehörten, wie der Wind zum Frühling, sondern er fürchtete sich vor ihrem viel gerühmten Geist. Von Bologna, wo er mit den Frauen und Töchtern seiner Professoren sprach, wusste er, wie peinlich es manchmal mit einer gescheiten Frau

werden konnte, besonders, wenn sie schön war und man
sie lieben wollte. Sei Herz, das sich nach Liebe sehnte,
fand unter ihnen keine. Sie erschienen ihm kalt wie ein
griechisches Feuer, an dessen sprühender Pracht man
sich erfreuen, aber nicht wärmen konnte. Darum war
er Diana ausgewichen. Sie hingegen hatte von Lupos
Weigerung gehört und hatte Mitleid mit dem jungen
Mann. Die Armen der Stadt lobten ihn als ihren Wohl-
täter und sie schmiedete einen Plan, wie sie ihn doch
noch zu sich, locken könnte. Auf Umwegen hatte sie von
Lupos Liebe zu Isolde erfahren und auch davon, dass Don
Bartholomäus, die junge Witwe drängt, in ein Kloster
zu gehen. Sie war sehr empört über das grausame Spiel,
das mit Isolde getrieben werden sollte. Bald darauf er-
freute sich der Prior, der Gunst der schönsten Frau der
Stadt. Natürlich völlig geheim!! Nur Giovanni wusste
davon und er hatte an Dianas gewagtem Spiel solchen Gefallen, dass er ihr die Schulden für ein halbes Jahr nach-
ließ. Freund Lupo aber, erzählte er, dass Donna Diana,
die er so oft durch seine Weigerung beleidigt habe, sich
seiner Sache angenommen hätte. Jetzt zögerte Lupo
nicht mehr, er wollte die gütigen Hände Dianas, dankbar
küssen. Mit dem Prinzen und seinem Gefolge begab er
sich zu ihr. Zwei Pagen geleiteten die Gesellschaft über
teppichbelegte Marmortreppen ins Stockwerk hinauf.
In den Korridoren hingen alte Bilder. In einem kleinen
Salon konnte man einen Luster mit vielen brennenden
Kerzen bewundern. Stühle und Bänke waren mit Brokat
bespannt. Der nächste Raum glich einem Wohnzimmer,
der mit Geschmack so reichlich überladen war, dass man
sich an den Tischen, fellbezogenen Ruhelagern, Wand-
schirmen, Blumenvasen auf hohen Säulen und den vielen

Bildern und Waffen nicht sattsehen konnte. Staunend und unsicher folgte Lupo seinem Freund. Er wusste, welche Pracht sich hinter den Mauern der äußerlich so unscheinbaren Palästen, in Italien verbarg und fühlte sich nach der Wanderung durch die schmutzigen, grauen Gassen plötzlich wie ins Paradies versetzt. Wie gut, dachte er, dass die Armen der Stadt von alldem nichts wissen, nicht einen Tag länger würden sie hungernd und bettelnd um die Ecken schleichen!

Als er auf die nächste Türe zuschritt, merkte man, dass er hier zu Hause war. Ein alter, hünenhafter Mann pflanzte sich auf. „Nun Cosimo, willst du uns nicht hereinlassen?", sagte der Prinz herablassend. Cosimo verneigte sich: „Donna Diana ist soeben aus dem Bad gestiegen. Sie freut sich sehr über den hohen Besuch, bittet aber um etwas Geduld, bis sie ihr Gewand angelegt hat!" Giovanni hatte den Blick und die Rede des Alte Dieners gut verstanden und wandte sich an seine Freunde: „Wir sind heute etwas früher da, drum müssen wir Geduld haben." Hinter der Türe hörte man erregtes Flüstern, lateinische Flüche und das Poltern eines Stuhls. Eine Tür fiel laut ins Schloss und danach wurde nach der Magd geklingelt! Wen hat sie nun wieder heimlich entlassen? dachte Giovanni, wobei er ein Lächeln zwischen den Zähnen zerdrückte. Seine Freunde hatten von all dem nichts bemerkt. Sie bewunderten die kostbaren Gegenstände, die überall standen und lagen. Dianas arabische Windhunde stürmten herein und scheuerten ihre Köpfe zutraulich an den Knien der Gäste. Carletto fiel stets in einen Glückstaumel, sobald er Dianas Haus betrat. Er stand vor einer entzückenden Bronzeputte und sog den süßlichen, betäubenden Duft ein, der in diesem Zimmer schwebte. Ich möchte ihre

Seele streicheln! Dachte er. Ich möchte sie vom Staub befreien und zu den Sternen heben! Ach!

Sebastiano, der von Kindheit an Pracht und Herrlichkeit gewohnt war, saß auf einem Hocker und hielt ein Goldstück bereit, das er nachher dem alten Cosimo in die Hand zu drücken beabsichtigte. Er hatte schon einmal eine Nacht hier verbracht und nicht vergessen, jetzt wünschte er sich noch eine. Es verdross ihn aber, dass er dazu den Alten brauchte.

Endlich teilte sich die Bordüre vor dem Eingang und Diana selbst schwebte über die Schwelle. Die Wartenden sprangen auf und starrten entzückt die große, üppige Frau an. Sie lehnte am Türrahmen. Ihre roten Haare hingen in dichten Wellen bis zum Gürtel und mit blaugrünen Augen lächelte sie die Herren an. Giovanni trat auf sie zu, sie legte ihre Arme um ihn und küsste ihn auf den Mund.

„Willkommen, Gianni! Verzeih meine Verspätung!" Einer nach dem anderen kam heran und jedem schoss das Blut in den Kopf, während er sich vor Diana verbeugte. Nur Lupo hielt dem Blick der Venezianerin stand. „Ich fühle mich durch Euren Besuch geehrt, Doktor", sprach sie und reichte ihm die Hand zum Kuss. „Lange habt Ihr mich warten lassen, als hättet ihr nicht gewusst, wie sehr ich mir, Eure Bekanntschaft gewünscht habe!" „Verzeiht Madonna", erwiderte Lupo. „Ich arbeite sehr viel, sodass für Vergnügen nur wenig Zeit bleibt!" Diana führte ihre Gäste in ein Zimmer, in dem man ungestört war. Cosimo stieg in den Keller, um den besten Wein zu holen. Da verließ eine vermummte Gestalt den Palazzo durch einen Hintereingang. Sie schlich um das Haus herum und schaute hinauf zu den beleuchteten Fenstern. Ich glaube ich habe Don Lupo reden gehört? Dachte Don

Bartholomäus. Ich wünschte, es wäre so! Sitzt er einmal in den Fängen dieses Teufelsweib, ist Isolde um einen Anbeter ärmer! Und er eilte mit schnellen Schritten, zu seinem Kloster.

Man hatte es sich bequem gemacht. Diana lag in einem Kleid aus meergrüner Seide auf einem Bett, das mit einem Fell bedeckt war. Giovanni saß, ihr zu Füßen, während die Anderen auf Hockern und Stühlen Platz genommen hatten. Man nippte an dem Wein oder griff zu den Früchten, die auf silbernen Tellern lagen. Man redete klug und offenherzig, besonders über die Liebe, da Carletto, der Dichter, immer wenn er in traurige Stimmung war, über sie sprach. „Die Liebe gleicht einem Regenbogen, der auf der Erde steht und dennoch in den Himmel führt!", sagte er mit leuchtenden Augen. „Den Menschen ist es möglich, die Leidenschaft ihrer Herzen, zum edelsten aller Gefühle zu machen!" „Ja!", nickte Diana, „die Liebe aber, selbst die Himmlische, die ihr meint, strebt nach Erfüllung! Liebende suchen mit Ungeduld nach ihr! Sie besteigen Euren Regenbogen, um ihn, wenn sie ganz oben angelangt sind, zu entzaubern und stürzen tief hinab in den Staub!"

Der Dichter schüttelte seinen Lockenkopf. „Das Köstlichste an der Liebe ist nicht die Erfüllung, Madonna, sondern die Sehnsucht!", sagte er. „Zwischen den zarten Wellen der Liebe schwingt ein Hauch von Entsagung und oftmals das Glück!" „Ihr seid ein Poet, Carletto und es ist daher euer Recht ein Träumer zu sein. Ich schätze euch als einen guten edlen, lieben Menschen ein. Aber ich warne Euch, das Leben nach dem Blau des Himmels und nach dem Duft der Blumen zu beurteilen. Ihr müsst auch die Erde lieben, worüber sich der Himmel wölbt und aus der die Blumen sprießen. Noch wissen wir nicht ob unser Bewusstsein über den Geist oder der Geist über das Bewusstsein siegt. Es wird davon abhängen, ob die Menschheit ihre Leidenschaften, zähmen kann. Ich glaube, es gibt nichts Schwereres." „Wie wahr!", rief Giovanni, „trotz aller Offenbarungen, haben wir das Gute und das Böse eindeutig festgelegt, aber es gibt noch immer Krieg und Hader auf der Welt. Die friedlichen Zeiten sind nur eine Pause vor neuen Kämpfen!" „Daher glaube ich, dass die Dichter, die Verpflichtung haben, in dem Kampf zwischen Materie und Geist ein wichtiges Wort mit zu reden haben", sprach Diana. „Sie sind die Hüter des gesunden Menschenverstandes. Aber nicht alle, die sich Dichter nennen, haben ihn selbst. Viele von ihnen sind naive Kinder, arglose Narren oder Bösewichter!" Carletto blickte betroffen, als er das hörte. „Ich gebe euch recht, Madonna", sagte Lupo. „Poeterei, wie sie heute gemacht wird, dieses schwelgen in den Reimen, die glaubt den Geist verandern zu können, jene Brillanz der Sprache, hinter der sich kein guter Gedanke verbirgt, jene Anhäufung von Worten, die nichts sagen, über die man staunt, die aber nicht wärmen. Das führt zu Selbstgefälligkeit und Schmeichelsucht! Die Poesie ist eine folgsame Sklavin, die unsere Mächtigen an einer goldenen Kette hinter sich herführen. Aber es war nicht immer so, dass Dichter Helden waren, und ihre Werke in vollkommener Sicherheit schreiben konnten, sondern unter Gefahr und auf der Flucht. Denkt an einen unserer Leute, dessen Komödien wir alle blass vor Empörung und zitternd vor Freude gelesen haben. Aus jedem Blatt schlug uns das volle Leben entgegen. Wir hatten nicht den Mut es zu betrachten, in all seiner Leidenschaft, Reinheit und Verworfenheit. Seht, in solchen Werken kann man zum Menschen werden. Aber nicht bei den verlogenen Sonetten unserer Hofpoeten!"

Carlettos Wangen hatten sich rot gefärbt. Er war ein begnadeter Dichter, aber er vergeudete sein Talent für seinen Herrn, in dessen Dienste er nichts anderes zu tun hatte, als alle Taten und galanten Abenteuer, die dieser hatte, gewissenhaft aufzuschreiben und mit schmückenden Worten zu versehen. „Ihr habt recht, Lupo", sagte er leise, „aber ein Krieger ist gewohnt ein Schwert zu schwingen, wäre er nicht dumm, wenn er ein Florett nehmen würde? Ist es nicht möglich, dass mancher Hofpoet, der ein Gedicht über den Ruhm seines Herren schreibt, insgeheim ein großer Krieger ist, der das Schwert des Geistes schwingen möchte, aber mit dem Florett billige Witzchen macht für seinen Herrn, von dessen Gold er lebt?" Nur eine freie Kunst kann eine wahre sein. Wenn man Rücksicht nehmen muss auf eitle Wünsche, hört die Poesie auf wunderbar zu sein. Wann hat es freie Kunst je gegeben?"

Carletto, wischte zwei Tränen von den Wangen und sagte: „Ihr Lupo seid reich, Ihr verkauft euch nicht und benützt eure Talente wie ihr wollt. Ich aber bin arm und muss mein Brot verdienen. Kann ich dichten, ohne dass mich wer beschützt und ernährt? Wo ist der, der einem Dichter Nahrung und Schutz gibt, ohne ihn bald zu seinem Sklaven zu machen? Löst dieses Dilemma und ihr werdet euch unvergängliche Verdienste erwerben!" Seine Rede hatte die Zuhörer sehr ergriffen. Lupo drückte ihm die Hand, Diana küsste ihn auf die Stirne, selbst Sebastiano, dem solche Gespräche gleichgültig waren, schlug sich klatschend auf die Schenkel in den prallen Strumpfhosen. Er kam gerade drauf, dass man Dichter wie Nachtigallen in engen Käfigen halten kann. Nur der Prinz saß da und kniff seinen Mund in gewohnter Weise zusammen. „Soll dies ein Vorwurf sein Carletto?", fragte er traurig und ein wenig verärgert. „Hab ich dir nicht alle Freiheit gelassen und dich überaus reichlich bezahlt? Du kannst Werke schaffen so viele du möchtest, wenn du glaubst, du musst die Welt damit beglücken!" Carletto verneigte sich: „ja, mein Prinz, das hast du getan und du bist nicht schuld, dass ich bis jetzt noch nichts Großes geleistet habe. Es liegt an mir selbst und dem unruhigen Leben, das ich führe. Ich möchte ein stilles, ruhiges Leben an der Seite einer geliebten Frau, an deren Herz ich von der Arbeit ausruhen und neue Kräfte sammeln kann. Ich habe diese Frau aber bis jetzt noch nicht gefunden. Wenn ich dich aber einmal verlasse, lieber Prinz und du erfährst, dass ich ein großer Dichter geworden bin, dann weißt du, dass ich glücklich liebe und kein Vagabund mehr bin."

„Carletto, Carletto!", rief Diana schelmisch, „soeben habt ihr von Zwängen gesprochen. Ist die Ehe nicht weniger Zwang als der Herrendienst? Viele sind schon aus der Ehe geflüchtet, um wieder frei zu sein!" Carletto schaute die schöne Venezianerin erstaunt an. „Ich verstehe nicht, warum ihr von der Ehe so schlecht redet? Gibt es etwas Schöneres als die freiwillige Vereinigung zweier Menschen? Nimmt einer nicht dem Anderen die halbe Last ab? Da wird das Sehnen nach der Liebe, zum Wissen um die Treue und die Seele hat ein Heim, wo liebende Herzen schlagen!" Der rote Mund Dianas lächelte: „So könnte es sein, wenn ewig Frühling wäre und die Menschheit nur aus Dichtern bestände. Vergesst nicht, dass Gott und der Teufel sich die Herrschaft auf Erden teilen. Hinter den Kardinaltugenden: Weisheit, Mäßigung, Tapferkeit und Gerechtigkeit, kommen die Todsünden:

Hochmut, Geiz, Wollust, Zorn, Völlerei, Neid und Trägheit des Herzens. Beide, Tugenden und Sünden, sind die des Mannes, denn noch immer regiert er alleine die Welt. Uns Frauen aber zwingt er so zu sein, wie er es will. Die Sünden sind eher für die Männer und zwingen, uns Frauen, entweder dumm und unbedeutend zu sein, oder in den Näh- und Gebärstuben, ein unwürdiges Dasein zu führen. Es gibt aber auch Frauen die klug und verdorben, zwischen Verachtung und Bewunderung ihr Leben führen. Aber dann im kümmerlichen Alter, auf faulem Stroh im Siechenhaus enden. Solange es euch Männern nicht gelingt eure dummen Eheweiber klug und eure Geliebten tugendhaft zu machen, solange bleibt die Ehe eine Last, die euren Höhenflug hemmt." Giovanni war entzückt! Sie mochte recht haben oder nicht, das war ihm egal! Die Kühnheit, ihre Gedanken, ihre Klugheit und Belesenheit trafen sein Herz. Er warf sich über das schöne Weib und bedeckte es mit heißen Küssen. Die jungen Herren lächelten anerkennend. Carletto dachte: Ich möchte ihre Seele retten! Ach wie könnte ich sie lieben, wenn sie nicht nur von Tugend spräche, sondern sie auch üben würde?

Sebastiano hingegen griff in die Tasche nach seinem Goldstück, das er dem alten Cosimo zustecken wollte und stöhnte vor Verlangen. Nachdem Diana sich von Giovanni befreit hatte, ihr wirres Haar geordnet und ihr Busen wieder im Mieder steckte, lächelte sie in die Runde um den stillen Beifall zu genießen, der in den Blicken der Herren lag. Sie kannte die Männer, nichts von den geheimsten Regungen war ihr verborgen geblieben. Bewusst lebte sie ihren seltsamen Beruf und sie rechtfertigte ihn mit Dantes Worten: „Ist's nur mit dem Gewissen wohl bestellt, dann macht kein Schicksal, wie's auch sei, mir grauen!" Lange ruhten ihre blauen Augen auf Lupo, der endlich doch den Weg zu ihr gefunden hatte. Wie kraftvoll schön war dieser junge Mann!! Diana hatte Lust, sein kluges Gesicht mit den lebhaften Augen und den weißen Zähnen hinter den geschwungenen, vollen Lippen auf ihrem Busen zu fühlen. Sie warf Lupo einen fragenden Blick zu. Sebastiano zweifelte, ob diesmal sein Goldstück die gewünschte Wirkung hatte, und fragte unvermittelt: „Sagt Madonna, welches Juwel mögt ihr besonders?" und er beschloss, als er hörte, dass es der Smaragd sei, schon am nächsten Tag ein Geschmeide aus diesen Edelsteinen in Auftrag zu geben.

Die Glocken des Klosters verkündeten Mitternacht, als sich die Gäste erhoben und verabschiedeten. Diana ging mit ihnen, hinaus in den kleinen Salon, in dem die Hunde, treu gewacht hatten. „Ich habe für euch Erkundigungen eingezogen, Don Lupo" sprach sie, als ihre Hand in der des Doktors lag. „Ihr dürft mich als eure Verbündete betrachten. Kommt morgen mittags zu mir, da können wir ungestört plaudern!" Komm, wann du willst Lupo, dachte Sebastiano, nur nicht in der Stunde, die Cosimo mir sagt. Er schaute umher, um den Alten zu finden!

# 7

Vogelgezwitscher kündigten den Frühling an. Er schmückte seinen Weg mit Blumen und die Sonne küsste das Land und erweckte es so zum Leben. Verliebte, die draußen vor der Stadt lauschige, versteckte Plätzchen kannten, fühlten es schon längst. Dort färbten sich die Wiesen violett von Veilchen und gelb von Primeln und alle wollten diese Blumen haben. Bald zogen bunt angezogene Menschen dem Frühling entgegen, man lobte die milde Luft, hob die Nase in Richtung des Meeres und glaubte, warmen Wind zu spüren. Eilig öffneten die Wirte ihre Sommerschenken, armselige Bretterbuden zwischen Fliederbüschen und Maulbeerbäumen. Sofort waren sie von den Spaziergängern umringt, denn der Weg in die Stadt war weit und jeder glaubte er müsse verdursten.

Auch die Gärten wetteiferten mit den Wiesen und Wäldern und begannen sich eifrig zu entfalten. Alte Mütterchen hängten ihre Drosseln und Nachtigallen, in winzigen Häuschen vor die Fenster. Die Hühner gackerten aufgeregt, die Hähne plusterten ihre Federn, schritten stolz einher und krähten in die Welt hinaus: Nun ist unsere Zeit gekommen! Nachts schrien die Katzen, vor Liebesweh, als hätten sie es darauf abgesehen Giovanni an sein Weib Violetta zu erinnern.

In dem kleinen Garten saß eine junge Frau und weinte. Sie bedeckte ihre Augen mit den Händen und dicke, klare Tränen tropften hervor. Neben ihr, auf der Bank, stand ein Körbchen mit Erbsen. Sie hatte die weißen Tauben gefüttert, die sich noch immer stritten. Der Pfau schritt glucksend auf und ab und kehrte mit seinen bunten Schwanzfedern den Rasen. Er war auch hungrig, er hatte vergeblich versucht die Tauben zu verjagen, außerdem war er nicht gewöhnt, übergangen zu werden und deshalb zupfte er die Frau am Ärmel, um seinen Teil zu fordern. Isolde erschrak von der ungestümen Berührung und weil ihr jetzt erst bewusst wurde, dass sie geweint hatte. Eilig streute sie die Erbsen über den Rasen, wo sie gleich in den Kröpfen der Vögel verschwanden.

In der Nähe der Bank, an die Mauer gelehnt, stand Don Bartholomäus. Seine salbungsvollen Reden hatten Isolde so traurig gemacht. Er war zufrieden, besonders mit sich selbst, auch mit Isolde, die ihm ihr Herz ausgeschüttet hatte. Ebenso mit Bruder Erasmus, der viel Eifer an den Tag legte, damit das fromme Werk gelinge. Er hatte wiederholt geraten Isolde nicht zu drängen oder zu überrumpeln, sondern ihren Entschluss, der Zeit zu überlassen, wie es in solchen Fällen üblich ist. Das alles passte wunderbar in den Plan des Priors, der sich in der Rolle, des tröstenden Freundes, gut gefiel. Sie kann mir nicht entkommen, dachte er, nur die lästigen Besucher, wollte er von ihr fernhalten. Während er wieder begann, seine schönen Worte über Isolde auszugießen, saß Lupo bei Amme Teresa in der Küche. Er wusste, dass der Pfaffe noch einmal zu Isolde gekommen war, und wollte nicht in den Garten gehen. Teresa wusste, was Lupo dachte, es war kein Geheimnis. Sie kochte gerade eine Salbe für den Kropf, des Bäckermeisters und schilderte, das einsame Leben Isoldes. Don Monello, der sich zu früh davon gemacht hatte, kam dabei sehr übel weg. Lupo saß dabei, hörte zu und drehte in seinen Händen einen

Veilchenstrauß, den er am Morgen für Isolde gemacht hatte. Was nützt das alles? Dachte er. Ob mir nun Donna Diana hilft, oder Roberto sich die Füße wund läuft, ob Giovanni sie mir gönnt und Don Bartholomäus sie ins Kloster zwingt, Isolde wird halten, was sie geschworen hat. Sie wird weder mir noch einem anderen ihre Gunst gewähren. Oh, Carletto, wie gut ich dich verstehe. Die Sehnsucht nach Liebe, ohne du nicht dichten kannst und ich nicht glücklich werden! Lupo vergrub sich in die qualvollen Gedanken, die er jetzt ständig hatte, und lächelte nur düster, wenn Nonna Teresa sagte: „Du warst ein Esel Lupetto! Ich an deiner Stelle wüsste was zu tun ist!"

In dem alten Palazzo hatte eine Frau seine Sinne mächtig erregt. Diana, es war als wäre sie die Göttin selbst, die den Olymp verlassen hat. Was aber war es, das er erstarrte, sobald er ihr Haus betrat? Was war es, das in zwang, sein Herz auf der grauen Gasse draußen zu lassen und nur seine Sinne mit hineinzunehmen? Er grübelte nach und fand, dass Schönheit beseelt sein müsse, um zu wärmen. Diana bot sich ihm an wie eine rosige Muschel, die sich öffnete, um ihm, dem Taucher, ihre Perle zu zeigen. Aber er fühlte sich wie erstarrt, wenn er seine Arme heben wollte, um sie zu umarmen.

Ja, ich liebe sie! Dachte er dann. Ich liebe Isolde, deren Schönheit sonnig und rein ist, wie die der Madonna. Ich muss sie lieben, hätte ich sonst vor Diana Angst? Oder ist es die Angst des Mannes, der sich zwischen Liebe und Verliebtheit selbst zum Narren hält? Er drehte den Veilchenstrauß in den Händen und dachte: Jetzt sitze ich schon eine Stunde da und habe nichts anderes getan, als nachgedacht und dem unnützen Geschwätz der Alten zugehört. Wäre es nicht klüger, in den Garten zu gehen und dem Mönch, der morgens ehrbare Frauen quält und sich abends bei einer Dirne vergnügt, ein paar Maulschellen zu geben? Damit die Welt einmal sieht, dass jedes Ding zwei Seiten hat. Als er so nachdachte, klapperten die Sandalen des Priors über die Steine und gleich darauf schob sich seine feiste Gestalt an dem Küchenfenster vorbei. Noch immer redete er auf Isolde ein.

„Nimm deinen Strauß!", tuschelte Teresa, „und stell dich dort zur Tür. Wenn Isolde kommt, lächelst du freundlich, was du sagst, musst du selber wissen!" Lupo aber fand es plötzlich unsinnig wie ein verliebter Knabe zu ihr zu gehen. „Tu mir einen Gefallen Amme", bat er, „stell die Blumen in Isoldes Zimmer. Mir ist eben eingefallen, dass der Bürgermeister heute mit mir reden will!" Er legte die Blumen auf den Tisch, dazu ein Goldstück und lief, ehe Isolde kam und die Amme was sagen konnte, aus dem Haus. Teresa schüttelte zwar missbilligend den Kopf, trug die Blumen aber hinauf und stellte sie auf das Tischchen im Erker. Was sind die Männer für Memmen! Dachte sie. Zu meiner Zeit hätte es das nicht gegeben!!

Erst auf der Straße wurde Lupo langsamer. Sein Blick fiel auf einen jungen Mann, der auf den Stufen saß und traurig vor sich hin starrte. „He, Filippo Avaro!", redete er ihn an, „wie siehst du aus? Ich dachte du bist ein glücklicher Bräutigam! Oder hat dich Lisatta am Ende verlassen?" Der junge Mann hob unmutig den Kopf, aber als er seinen Freund erkannte, sprang er auf, riss die Mütze vom Kopf und verneigte sich. „Oh, Lupo wie gut, dass du kommst!", rief er, ich suche dich schon lange, erst in deinem Haus, dann auf dem Gericht und dann im Armenhaus. Mein künftiger Schwiegervater meinte, ich soll hier auf dich warten, so habe ich mich auf die Stufen gesetzt. „Du willst mich zu eurer Hochzeit einladen?", fragte Lupo. „Da sag ich gerne zu, du brauchst mir nur zu sagen, wann und wo sie stattfindet!" Filippo sah düster zur Erde. „Aus der Hochzeit wird nichts, wenn du mir nicht hilfst! Mein Vater ist, wie du weißt ein Sonderling. Ich bin ihm bei seinen Geldgeschäften behilflich und habe dafür nur Unterkunft und ein kärgliches Essen. Einen Lohn hab ich nie bekommen. Was ich nebenbei verdiene, indem ich den Schreibern im Rathaus zur Hand gehe, reicht nicht, um einen Hausstand zu gründen. Geheiratet muss werden, das werdet ihr verstehen, wenn ihr Lisetta seht. Ich muss aber heiraten, wie der ärmste Bettler, ohne Musik und ohne Hochzeitsschmaus. Es wurmt mich gewaltig, weil Lisetta glaubt, ich werde das Geld noch auftreiben. Mein Vater, den ich darum bat, hat mir einen Tritt in den Hintern gegeben. Er ist ein Sonderling, mit dem man über solche Dinge nicht reden kann. Da hab ich an dich gedacht, vielleicht kannst du mit ihm reden, damit er seinen Geldsack aufmacht." „Dein Vater ist ein Geizhals", sagte Lupo heftig. „Er verdient es an den Pranger gestellt zu werden! Wie seine Wuchergeschäfte arme Witwen und Waisen, sogar Geschäftsleute, in den Schuldturm bringt, stinkt zum Himmel. Lass mich nachdenken, wie ich dir helfen kann!" „Ich könnte dir das Geld, das du brauchst, geben, das wäre aber dir und Lisetta unwürdig. Ich denke darüber nach, wie man deinen Vater bessern könnte und ihn zugleich dazu bringt, dir den vorenthaltenen Lohn zu bezahlen. Freiwillig wird er das nicht tun, darum müssen wir ihn zwingen!"

Lupo packte Filippo am Ärmel und zog ihn durch die Gassen in Giovannis Haus. Lupo sprach zuerst mit dem Prinzen und erzählte ihm von der Hochzeit. Inzwischen saß Filippo, befangen in dem prächtigen Vorzimmer, die Mütze auf den Knien und wagte kaum zu atmen. Obwohl er ein Edelmann war und der Sohn des reichsten Wucherers in der Stadt, hatte er noch niemals solche Pracht gesehen. Schon als Kind hatte er Hunger und Not kennengelernt. Seit die Mutter so früh gestorben war, hauste er einsam und sich selbst überlassen in dem verfallenen Palazzo seines Vaters. Wie der alte Avaro war er furchtsam und menschenscheu. Der Vater ging selten aus, weil er seine Gold – und Silbertruhen bewachen musste, der Sohn, weil er sich schämte, in seinen alten erbärmlichen Kleidern unter Menschen zu gehen. Spät abends lief er ins Rathaus oder Gericht, um sich ein paar Groschen zu verdienen. Lisetta, die Tochter eines Schreibers, hatte sich seiner angenommen, sein Zeug zusammengeflickt und ihm heimlich etwas Gutes zum Essen zugesteckt. Seit, die Folgen dieser menschenfreundlichen Tätigkeit, zu sehen waren, traute sich auch Lisetta nicht mehr auf die Straße. So kam es, dass Filippo, obwohl er liebte und geliebt wurde, sehr unglücklich war.

Nach langem Warten wurde er ins Arbeitszimmer gerufen. Giovanni erhob sich, klopfte ihm auf die Schulter, und bot ihm einen Stuhl an. „Wenn ihr ein wenig Mut habt, Filippo, sollt ihr ein üppiges Hochzeitsmahl haben", sagte er dann. „Ihr müsst folgendes Tun: Geht heim und bringt mir schnell Kleider von eurem Vater, vergesst aber nicht die Lammfellmütze und den Knotenstock, mit dem er sonntags, zur Kirche geht. Fragt nicht, wozu ich es brauche. Beeilt Euch und verratet niemandem etwas!" Verwirrt, weil der Prinz so freundlich war, lief er nach Hause. Der alte Avaro saß in seinem Geschäft, schrieb Zahlen in sein Buch und zählte Goldstücke auf den Tisch. Nachdem Filippo gesehen hatte, dass sein Vater beschäftigt war, suchte er alle Sachen zusammen und schlich ungesehen davon, wie er gekommen war. Ein Diener Giovannis nahm alles in Empfang. Er musste wieder warten und ging hin und her, betastete die Teppiche und die Vorhänge, schaute in den finsteren Hof, wo ein Knecht das Lieblingspferd striegelte, während ein anderer Fische putzte und dabei ein freches Lied sang. Aus dem Arbeitszimmer hörte er Lachen und Scherzen und staunte Rufe. Pagen und Diener liefen aus und ein, schmunzelten oder lachten. Einer kam zu ihm und deutete mit dem Daumen nach der Tür: „Euer Vater ist bei seiner Herrlichkeit, wisst ihr das nicht? Gebt acht! Er kommt bald heraus!" Filippos Knie schlotterten vor Angst. Teufel! Aber er hatte doch seinen Alten daheim sitzen gesehen, wie konnte er hier sein? Auf den Fußspitzen schlich er zur Tür. Allmächtiger! Sein Vater war tatsächlich da! Er hörte deutlich, wie er sagte: „Wohlwohl, Don Lupo, mein Sohn feiert Hochzeit mit Lisetta, der Tochter des Schreibers! Es gibt einen feinen Schmaus und ihr seid dazu eingeladen! Alles geht auf meine Kosten!" Filippo starb fast vor Angst, als er das hörte, denn er ahnte ja nichts von Giovannis vielen, gefährlichen Künsten. Noch ehe er sich entschieden hatte, ob er bleiben oder flüchten sollte, öffnete sich die Tür und Francesko Avaro kam, gefolgt von Lupo heraus. Er trug die Lammfellmütze auf dem Kopf und den Knotenstock in der Hand. Sein Gesicht schien magerer und gelber als sonst, aber er lächelte freundlich und rief, wobei sich seine Stimme überschlug: „Komm mein Sohn! Wir eilen auf den Markt, damit uns der Koch des Prinzen nicht die besten Hühner und Enten vor der Nase wegkauft!" Da wusste Filippo, dass es der

Prinz war, der sich so wunderbar verkleidet hatte und er ließ sich staunend mit führen, während Lupo und die Diener in hellem Gelächter zurückblieben. „Ich glaube, du hast nichts dagegen, mein Sohn, dass der Hochzeitsschmaus in Vater Barbariccias Schenke bereitet wird", sagte Giovanni, nachdem sie ein paar Gassen weiter waren. „Gewiss nicht, Eure Herrlichkeit!", stotterte er, der sich noch immer nicht auskannte und der Meinung war, der Prinz macht auf seine Kosten einen üblen Scherz. „Ich bin dein Vater", raunte der Prinz, wobei er dem Bräutigam einen derben Rippenstoß versetzte. „Du machst jetzt ein fröhliches Gesicht, Filippo, sonst gehe ich zurück und du kannst bei trockenem Brot Hochzeit feiern."

Die Gassenbuben waren schon aufmerksam geworden und folgten den beiden in einiger Entfernung. „Signore Avaro! Signore Avaro!", riefen sie, „Diebe sind in Eurem Haus, während sie hier spazieren gehen! Eure Goldfüchse laufen fort! Mordio! Feurio! Man plündert Signore Avaros Palazzo! Zu Hilfe! Zu Hilfe!" Die Bürger blieben stehen und lachten. Die aber, die in Avaros Büchern standen, verkrochen sich, um nicht gesehen zu werden. Der Prinz aber lächelte, griff in seinen Sekel und streute eine Handvoll Silberstücke unter die Buben. „Mein Sohn macht Hochzeit! Morgen am Abend beginnt das Schmausen!" Im Nu hörten die Buben auf, zu spotten, dafür jaulten sie jetzt Glückwünsche und Segenssprüche, so viele sie nur wussten. Barbariccia, der Wirt eilte herbei und schrieb mit Vergnügen die Aufträge auf seine Tafel. „Alles geht auf meine Kosten!", rief Avaro. „Die Händler werden euch die Waren ins Haus bringen. Richtet eine Tafel für hundert Gäste. Schreibt mir eine Rechnung, die ich nach der Hochzeit bezahlen werde. Er schluckte den kredenzten Wein hinunter und ließ sich von Peronella eine Blume auf den Mantel stecken. „Seht, welch ein Tropf mein Sohn ist! Er steht und glotzt, statt dass er singt und Räder schlägt und sich vor Freude in die Hose pisst. So hab ich s, einmal gemacht. Freude schlägt sich auf den Magen. Ehm!" Er räusperte, spuckte und schnäuzte sich schallend, genauso wie der echte Avaro und wanderte mit Filippo weiter. Wie ein Lauffeuer hatte sich die Kunde verbreitet, dass der alte Blutsauger vor Freude, dass sein Sohn heiratet, aus der Haut gefahren war und ein anderer geworden sei.Man wusste es auf dem Markt, noch ehe er dort angekommen war. Gefolgt von einer Menge lachender und scherzender Menschen ging er durch die Gassen. In jeder Schenke kehrte er ein, mit jedem sprach er. Überall verkündete er laut, dass sein Sohn morgen heiratet und er Darlehen bis zehn Gulden in seinen Büchern löschen werde. Wie einen Pfingstochsen hatte man ihn mit Blumen bekränzt und so wankte er nun am Markt zwischen den Ständen herum. Er machte Bestellungen und schrie: „Auf meine Kosten!--- Alles geht auf meine Rechnung, die ich nach der Hochzeit bezahlen werde. Schafft die Waren zu Barbariccia. Hundert Enten, hundert Hühner, zehn Körbe Gemüse, ein Fass Fische und alles, was man braucht, um ein Mahl für hundert Gäste auszurichten. Sie gingen vom Fischhändler zum Fleischer und von dem zum Bäcker. Jeder schrieb eine lange Liste der bestellten Dinge und versprach, alles gewissenhaft zu liefern. Filippo, dessen Gesicht nun leichenblass wie Käse war, stolperte gehorsam mit, er hätte am liebsten geweint, wenn nicht so viele Leute da gewesen wären.

Plötzlich fragte der Alte: „Wo ist Lisetta? Bringt Lisetta her, damit ich mein Schwiegertöchterlein in die Arme nehmen kann!" Weiber, Buben und Hunde liefen und vollführten vor Lisettas Haus einen Höllenlärm. Im Triumph wurde das Mädchen, das mit den Händen verschämt ihren Bauch verdecken wollte, zum Marktplatz und in Avaros Arme geführt. „Nun sag, wie willst du es haben, mein Täubchen", flötete der Alte. „Hundert Kerzen sollen brennen, alles auf meine Kosten! Habt ihr verstanden?" Wie hätten sie es auch nicht?

Die Stadt schwamm in Freude und Glück. Avaro war kein blutsaugender Vampir mehr, sondern ein Freund der Menschheit, zu dem man sich hingezogen fühlte. Er hätte unter den hübschen Dirnen nur wählen brauchen, sie alle wären ihm um den Hals gefallen. Er tobte seine Kraft auf andere Weise aus. Er eilte in den Dom, bestellte die teuerste Zeremonie mit sechs Diakonen und zwölf Räucherknaben. Er versprach den Offizieren der Stadtwache ein Fass Bier, wenn sie Spalier stünden. Lud Bekannte und Unbekannte zum Schmaus ein, streute Geld unters Volk und benützte endlich eine günstige Gelegenheit, um in sein Haus zu flüchten.

Filippo fühlte sich wie von einem Pferd getreten. Daheim schlich er die Treppe hinauf und späte in das Geschäftszimmer. Dort saß der ahnungslose Alte, die Nachtmütze auf dem kahlen Schädel und häufte laut zählend, einen Goldfuchs nach dem anderen auf den Tisch. Er war der Einzige in der Stadt, der nicht wusste, dass er vor Freude über die Hochzeit seines Sohnes aus der Haut gefahren und ein anderer geworden war.

Isolde war bald nach Lupos eiliger Flucht in ihr Zimmer gegangen und hatte auf dem Tisch im Erker den Veilchenstrauß gefunden. Sie wusste nicht, wer ihn hergebracht hatte und sah erst, als sie an den Blumen roch, den schmalen Pergamentstreifen, der mit einem Seidenfaden herumgebunden war. Ihr Herz klopfte laut vor Freude und Schreck. Die Botschaft irgendeines Verliebten? Es war egal, wer der Spender war, aber man hatte an sie gedacht, es tat ihr wohl und sie zitterte. Vorsichtig löste sie den Faden, behutsam glättete sie den Streifen, nachdem sie ihn mit ihrem Tüchlein getrocknet hatte. Aber sie fand keinen schwungvollen Vers, sondern nur PSALM 42,2

Sie weinte vor Ärger und Neugier, aber lächelte gleich wieder, als ihr einfiel, dass sie Monellos Psalmbuch hatte und sie brauchte nur nachzulesen. Froh etwas zu tun zu haben, brauchte sie nicht lange, bis sie die Stelle gefunden hatte: Wie der Hirsch schreit nach frischem Wasser –, so dürstet meine Seele nach dir! Der Spruch trieb ihr das Blut in den Kopf. Sie lief in den Erker zurück, presste die Blumen an sich, küsste und liebkoste sie, wie eine Mutter ihr Kind.---Irgendwer hatte an sie gedacht! Irgendwer hatte ihr Blumen gebracht-----Veilchen-----wie den anderen Frauen und Mädchen. Irgendwer liebte sie, dürstete nach ihr! Machen das nicht viele? Sie kannte die begehrenden Blicke! Wer aber hatte daran gedacht ihr Blumen zu schicken? Sie wollte es wissen. Teresa verriet es gerne und schilderte noch die Tugenden des jungen Herrn.

Isolde saß bleich und traurig in ihrem Erker. Lupo, Lupetto! Flüsterte sie. Er, der weder Zeit noch Sinn für nutzlose Liebeleien und Abenteuer hatte? Wusste er denn nicht?...liebte er sie immer noch?

Draußen lachte fröhlich die Sonne. Weiber schnatterten, Hunde balgten sich, Gassenbuben spielten mit Kupfermünzen, Bettler schworen den Segen Madonnas auf die Mildtätigen herab und manchmal kam ein Reiter durch die Gasse, um zum Erker hinauf zu schauen.

Was soll das Leben? fragte Isolde. Es lügt ja! Es scheint voller Freude, aber es ist nur ein Müssen, dem man nicht entkommen kann! Auch die Sonne lügt! Sie lügt mit ihrem Licht, alles sieh anders aus, wenn sie scheint. Wenn sie untergeht, wird die Erde wieder grau und schmutzig und man fühlt sich krank und elend. Isolde verließ den Erker, weil sie die Sonne nicht sehen wollte. Sie ging durchs Haus, stumpf und verzagt, als sei in ihrer Brust das heiße Feuerlein erloschen, das manche Nacht schrecklich aufgeflammt war. Was will ich? Darf ich was wünschen? Vergangen und eingesargt ist meine Welt und aus dem Haus der Freuden ist ein Haus der Leiden geworden! Ihre Hand hing herab und umschloss, ohne es zu merken, Lupos Veilchen. Sie ging in den Garten, der voll Sonne war, die Isolde nicht sehen wollte. Schlank und zart ging sie nachdenklich, den Kopf gesenkt mit großen starren Augen. Die weißen Tauben umflatterten sie, der Pfau schlug ein Rad und lief hinter ihr her wie ein treuer Hund.

Auch die Liebe lügt! Ohne sie ist das Leben grau und traurig, wie das Meer, über dem dicke Wolken hängen. Was weiß Don Bartholomäus? Der sagte: Eure Liebe sei Gott!--- Gott ist gütig aber die Liebe ist süß, du kannst fromm oder sündhaft werden. Am Myrtenbaum blieb Isolde stehen und umarmte ihn. Sie sah zum Kloster hinauf, hier war es still nur die Bienen summten leise. „Ist es dein Wille, Monello?", fragte Isolde, „wenn es dein Wille ist, geschehe es!" Demütig senkte sie den Kopf, Lupos Veilchen, entglitten ihren Händen und kollerten den Hang hinunter.

# 8

Wenn jemals eine Stadt mit vielen tausend Einwohnern auf dem Kopf gestanden ist, so war es an dem Tag, an dem Filippo mit Lisetta, Hochzeit feierte! Die plötzliche Sinnesänderung Avaros, hatte alle erregt. Früher mied oder verspottete man den Alten, heute drängte man voll Begierde heran, um ein Lächeln oder einen Händedruck zu bekommen. Giovanni spielte jedoch, getreu der Lehre: wer A sagt, muss auch B sagen, sein Spiel zu Ende. Lupo, Filippo und die eingeweihte Dienerschaft bewunderten ihn wegen seines Mutes und Verstellungskunst. Der kleinste Zufall könnte den Prinzen verraten und alles wäre verdorben, darum machten sie sich Sorgen. Nur er selbst tat, als gäbe es keinen anderen Avaro in der Stadt. Er brachte es fertig, den Trubel vom Haus des alten Geldverleihers fernzuhalten. Der zählte inzwischen seine Goldfüchse, ohne zu wissen, welch teuflischen Streich man sich ausgedacht hatte. Lupo und Filippo atmeten auf, als die Trauungszeremonie beendet war und die Gäste sich in die Schenke begaben. Kaspar Öchsli war in seinem Element. Die ganze Nacht hatte er Vorbereitungen getroffen. Mit lauter Stimme befehligte er seine Dienstleute, die eifrig Tische und Bänke herbeischleppten und im Garten eine hufeisenförmige Tafel errichteten. Er zählte und fluchte, es war immer noch zu wenig Platz und zu wenig Geschirr vorhanden, man konnte die Gäste doch nicht stehend, verhungern lassen? Also musste er sich von anderen Wirten, das Nötigste ausborgen. Er hämmerte an einem Aufbau für die Musikanten, während Mädchen Blumengirlanden und bunte Bänder, Fahnen, Wimpeln und Laternen anbrachten. Bald glich der Garten einem Jahrmarkt. Leute kamen von der Gasse herein, um sich das anzusehen, staunten und klatschten Beifall.

Isolde stand, angelockt von dem Hämmern und Sägen, an der Mauer ihres Gartens und sah dem Treiben zu. Erst wurde sie davon müde und traurig, dann aber war es, als gälten die Vorbereitungen ihr. Sie rief den Mädchen zu, wie sie die Blumen verteilen und die Tafel schmücken sollten. Sie schickte sogar Occhio zu Hilfe, der in solchen Dingen, Meister war und die ungeschickten Mädchen staunten. Auch die „Lustbrüder", kamen nach und nach und stellten sich zu ihr an die Mauer. Zepo ging zwischen den Tischen herum und glättete die Tischtücher, roch an den Blumen, hob die Becher gegen das Licht, um sie auf Glanz und Reinlichkeit zu prüfen. Er tat so, als sei er der Veranstalter. Auch die Sonne wusste was sich gehört, sie schien hell und freundlich und sorgte so für eine heitere Stimmung, die eine Feierlichkeit erst, zum Fest macht. Endlich war es so weit! Kaspar Öchsli konnte zufrieden sein! Man begab sich vor die bekränzte Eingangstüre, um die Gäste zu begrüßen.

Vorne liefen die Gassenbuben. Sie hatten einige Silberstücke bekommen, um den alten Avaro und das Brautpaar hochleben zu lassen. Was sie dann, auch lautstark taten! Hinter ihnen marschierte eine Abteilung der Stadtwache, die den Weg freizumachen und für Ordnung zu sorgen hatte. Darauf kam ein Herold, hoch zu Ross, stieß ab und zu in seine Trompete und schwenkte eine Fahne mit dem Wappen der Avaros! Danach kamen die Musikanten, die mit ihren Pfeifen den schlimmsten Lärm machten. Hinter ihnen die Brautjungfrauen, die man noch in aller Eile zusammengetrommelt hatte. Es waren unglaublich viele, sie hielten Lilien oder Rosen in den Händen und sahen aus wie Engel, die gerade auf die Erde gekommen waren. Danach die Sänfte, in der das Brautpaar saß. An den vier Ecken hingen Glöckchen, die bei jedem Schritt der Träger bimmelten. An beiden Seiten gingen Offiziere der Stadtwache mit neuen Schärpen und frisch rasierten Gesichtern. Dahinter kamen Freunde und Verwandte und machten zotige Bemerkungen über die Tugend und verborgenen Reize der Braut. Die Hebamme, die man unter den Zuschauern entdeckt hatte, wurde gewaltsam in den Zug gezerrt und für alle Fälle mitgenommen. Hinter den Unfug treibenden Herrn thronten die beiden glücklichen Brautväter in einer Sänfte, den vier kräftige Knechte auf die Schultern gehoben hatten. Dort ging es toll zu. Frauen und Mädchen, die sich beim alten Avaro bemerkbar machen wollten. Schuldner, die glaubten ihre geringen Schulden währen nachgelassen. Liebesdienerinnen, Ochsenknechte und Gassenbuben, die den dicken Geldbeutel an seinem Gürtel gesehen hatten, umkreisten die Sänfte unter Lachen und Scherzen und lauten Lobreden, denn der bekehrte Wucherer warf hin und wieder eine Handvoll Silber in die Menge. Die Weiber lockerten die Mieder, sodass die Brüste hervorquollen, hoben die Röcke und richteten die Strumpfbänder, denn es ging das Gerücht, Avaro beabsichtige, berauscht vom Glück seines Sohnes, noch einmal zu heiraten, und zwar mit einer ebenso ehrsamen, wie rundlichen Frau. Man redete aber auch davon, dass er Mönch werden wollte und eine Pilgerfahrt ins Heilige Land beabsichtigte. Aufmerksam hatte man gesehen, dass seine Haare wieder zu wachsen begannen, da sie unter der Pelzmütze hervorlugten. Die übrigen Gäste gingen in Gruppen, nach Rang und Ansehen und auch dort war man sehr lustig. Lupo schritt in der Gruppe der Nobili, der Adligen, die durch ihr Erscheinen, dem Fest Glanz verliehen. Er war sehr besorgt und oft blickte er verstohlen nach Giovanni. Vor der Schenke hielt der Zug an und Musikanten und Brautjungfrauen bildeten ein Spalier durch den die Sänfte bis vor den Eingang getragen wurde. Dort begrüßte Öchsli das Brautpaar, mit einer heiteren Rede, die von allen gelobt wurde. Er zeigte den Gästen ihre Plätze und eröffnet nach einem fürchterlichen Trommelwirbel den Hochzeitsschmaus. Die Neuvermählten saßen zwischen den Vätern. Da die Braut nicht ganz an den Tisch heranrücken konnte, musste der Bräutigam auch weiter hinten sitzen, was ihm etwas den Appetit verdarb. Filippos Gewand war aus dunklem Tuch mit Pelz verbrämt, eine goldene Kette mit einem Taler daran und auf dem Hut, eine Agraffe mit dem Wappen der Avaros. Ein fein ziselierter Dolch und der juwelenglitzernd Haar Reif waren ein Geschenk Lupos. Giovanni hatte als wichtigstes und witzigstes Geschenk einen Nachttopf voll Dukaten, vor die junge Frau stellen lassen, während ihr Vater, der ein armer Teufel war und weiter nichts besaß, als den Gebärstuhl seiner verstorbenen Frau, frisch gestrichen und mit grellen Farben bemalt, übergab. Das Glück, das Lisetta gemacht hatte, zog ihr Neid und Bewunderung zu. Aber sie war viel zu selig, als dass sie das bemerkt hätte. Sie redete mit Filippo und mit ihrem Schwiegervater, lachte und scherzte und bezauberte mit ihrer gesunden Schönheit Männer und Frauen. Der Propst, der die Trauung vollzogen hatte, erklärte, nachdem er tief in den Becher geschaut hatte, dass die Ehe eine ernste und heilige Sache sei, aber nicht immer gut ausgehe. Lupo hatte sich neben Giovanni gesetzt und so vergingen die Stunden der schmatzenden Gemütlichkeit. Alles wartete, dass Avaro das Zeichen zum Tanzen geben würde. Der Wein hatte die Gemüter erhitzt, was man daran sah, dass einiges an Geschirr in Scherben ging, da viel Platz gebraucht wurde. Da die Braut nicht tanzen konnte, führte man in das Zimmer, wo die Hochzeitsgeschenke aufgehäuft lagen. Hausrat aller Art: Spitzen, Bänder, Stoffe, Spiegel, Spinnräder, Fußschemel, sechs Wiegen, mehrere Heiligenbilder und zahlreiche Zinnkrüge. Ein bunter Vogel, der schrie: Dieb! Dieb! Rabenvieh! Und von Amme Teresa, Tiegel und Fläschchen mit Salben und Mixturen gegen bekannte und unbekannte Krankheiten.

Während es langsam Abend wurde und die Stimmung in der Schenke am Höhepunkt angelangt war, kamen drei Reiter in die Stadt. Die Pferde und ihre Reiter waren müde und durstig, aber sie sammelten ihre letzten Kräfte, um noch vor der Dunkelheit ihr Ziel zu erreichen. Die Wächter der Stadt wollten eben das Tor schließen. Die Ankömmlinge sahen nicht gerade vertrauenswürdig aus. Es waren drei große, braun gebrannte Kerle, mit fürchterlichen Mordwaffen und über und über mit Staub und Kot bedeckt. Da sie aber nach dem Prinzen fragten und bekannt war, dass der seltsame Männer als Freunde hatte, wurde ein Knecht beauftragt, sie zu seinem Haus zu führen. Dort wurden sie vom Majordomus unterwürfig begrüßt, in ein Zimmer geführt und mit Speis und Trank versorgt. Auf ihre Fragen hörten sie nur, dass seine Herrlichkeit, bei einem Freund sei und nicht gestört werden dürfe. Darauf schlugen sie mit den Fäusten auf den Tisch und befahlen dem Majordomus, Giovanni unverzüglich von der Ankunft des Grafen Angelo und zwei Kumpane in Kenntnis zu setzen.

Die treuen Diener waren in großer Verlegenheit, schickten aber einen Pagen mit dem Auftrag in die Schenke, sich unauffällig an Don Lupo heranzumachen, damit dieser die Botschaft an Giovanni weitergeben konnte. Nun hatte aber Lupo, angewidert von dem Tollen treiben, das Fest verlassen und war durch eine kleine Gartentür in Isoldes Garten gegangen. Dort saß er nun und dachte nach! Der Page suchte und fragte vergeblich und ging schließlich, weil ihn die betrunkenen Weiber umarmen und liebkosen wollten, unverrichteter Dinge zurück. Graf Angelo zertrümmerte, als er dies hörte, den Stuhl, auf dem er eben noch gesessen hatte. Seine Gefährten zogen die Dolche und begannen, mordlüstern, nach dem Diener blickend, sie an der Tischkante zu wetzen. Sogleich schickte der erneut einen Diener aus, aber mit der Botschaft an den Prinzen selbst. Der schlaue Kerl kletterte über den Gartenzaun und gelangte ohne Aufsehen zu seinem Herrn.------ „Er werde bald kommen und der Graf soll noch ein Weilchen warten!" ---- Diesmal war der Wutausbruch noch fürchterlicher, denn er gab dem Majordomus einen Fußtritt und befahl dem Prinzen unverzüglich das Wort: ENDLICH! Zuzuraunen.

Der alte Avaro hatte inzwischen verkündet, dass er müde sei und schlafen gehen wolle. Aber vorher alle Gläubiger eingeladen, ihm morgen früh ihre Rechnungen zu bringen. Es gelang ihm aber nicht so schnell, sich unbemerkt zu entfernen. Einige Männer wollten ihn mit Fackeln nach Hause begleiten, was als große Ehre galt, die nur hohen und beliebten Personen erwiesen wurde.

Lupo, der wieder aufgetaucht war, schaute eben nach einer günstigen Gelegenheit, als der Diener hereinkam, erst einmal eine Runde tanzte und dann dem Prinzen das Wort: ENDLICH! Mit einem ergebenen Gruß des Grafen zuflüsterte. Giovanni wurde blass unter der Farbe, mit der er sein Gesicht bestrichen hatte, als hätte er es eilig einen gewissen Ort zu erreichen und stürzte hinaus, während der schlaue Diener nochmals eine Runde tanzte und dann pfeifend, wie er gekommen war, verschwand.

Die drei Männer sprangen auf, als Giovanni ungestüm in das Zimmer trat. Sie ließen sich durch die Maskerade nicht verblüffen und schlugen derb in die dargebotene Hand des Prinzen ein." NUN?" fragte dieser und Graf Angelo antwortete: „Du bist nun Herzog, Prinz Giovanni und wir huldigen dir im Namen des Volkes und reichen dir Siegel und Kette deines verewigten Vaters, nimm die Herrschaft an und handele danach!" Er und seine Gefährten beugten das Knie und reichten dem Herzog, Ring und Kette! „Lasst mich zuerst die Farbe vom Gesicht waschen!", sprach er, „dann müsst ihr mir berichten! Trinkt meinetwegen den Keller leer, wenn es euch gefällt, aber sprecht zu niemanden ein Wort, ehe ich zurück bin!"

Giovanni ging eilig ins Bad und wusch sich den alten Avaro herunter, zog die gelbe Strumpfhose und das schwarze Wams an, legte die Kette um den Hals und steckte den Ring an den Finger und trat nun, jeder Zoll ein Fürst, den Abgesandten entgegen. Die Dienerschaft, der nichts verborgen geblieben war, hatte sich im Vorzimmer versammelt und begrüßten in demütiger Haltung den alten Herrn, der nun ein neuer geworden war. Schön wie ein Gott, kraftvoll und von Glanz umgeben, stand der Herzog an der Tür. „Steht auf!", sprach er, „ich werde euch ein gnädiger Herr sein"! Nun fielen sie erst recht auf die Knie und griffen nach seiner Hand oder den Säumen seiner Kleidung. Der Herzog lächelte über sie hinweg und sein Gesicht schien weicher geworden zu sein. Seine blauen Augen unter dem eisgrauen Haar blickten stolz, um seinen Mund aber, blieb der kühne, trotzige Zug, der ihm eben so viele Freunde wie Feinde gebracht hatten.

Auch die Gesandten unterlagen der majestätischen Größe Giovannis. Sie fühlten, dass er jetzt nicht mehr der Jagd – und Saufkumpane war, sondern der Herr und Regent, vor dem sie standen. Kurz und klar berichtete Graf Angelo, wie der alte Herzog Alfonso infolge eines schweren Sturzes vom Pferd während einer Jagd verstorben war. Sofort kam es zu einem Volksaufstand, der nur durch die schnelle Heimkehr des neuen Herzogs niedergeschlagen werden könne. Das wüste Treiben Alfonsos war seinen Nachbarn ein Dorn im Auge gewesen. Der Papst schickte nach der Nachricht von Alfonsos Tod einen Mönch namens Urbino in das Land, denn er hätte es gerne seinem Kirchenstaat einverleibt. Der sollte das unterdrückte Landvolk und die unzufriedenen Bürger aufhetzen, die Dynastie zu verjagen. Die aufgestachelten Bauern zogen in die Stadt, sprengten den Zwinger, erschlugen die zweihundert Jagdhunde, die das Land armgefressen hatten, mit Knüppeln und Sensen, öffneten Gefängnisse und Schuldtürme, knüpften den Kanzler an das Gittertot des Schlosses. Belagerten es, um an Donna Laura, der herrschsüchtigen Geliebten, blutige Rache zu nehmen. Nur mit Mühe gelang es Don Enrico, dem klugen und beliebten Kaplan der nunmehrigen Herzogin Violetta, das Volk zum Aufgeben zu bewegen und die Gemüter zu besänftigen. Er verbürgte seinen

Kopf, dass der neue Regent die Missstände abstellen und ein gnädiger Herrscher sein werde. Der Pfaffe Urbino ergriff die Flucht, schwor aber, mit einem päpstlichen Heer wiederzukommen, um zu rächen, was der Kirche angetan worden war. Wenn man nicht wolle, dass Papst Martin, zuletzt lacht, müsse man sofort nach Paliano reiten. Graf Angelo schloss seinen Bericht und übergab einen Brief Violettas. Sie schrieb, dass seine Heimkehr sehr wichtig sei, man konnte aber nicht entnehmen: für das Volk oder für sie selbst?

Der Herzog hatte schweigend zugehört, aber man konnte sehen, wie hinter seiner Stirne die Gedanken arbeiteten. „Ich werde noch heute Nacht aufbrechen!", sagte er. „Ihr sollt euch ausruhen und erst in drei Tagen nachkommen. Man wird euch, eure Zimmer zeigen!" Er befahl zwei ausdauernde Pferde zu satteln und Carletto zu rufen. Dann ging er in sein Arbeitszimmer, um einige Briefe zu schreiben. Einer war an seine Freunde gerichtet, von denen er sich nichtmehr selber verabschieden konnte, einer an den Bürgermeister der Stadt, worin er ihm berichtete, dass er jetzt Herzog sei und sich für die Gastfreundschaft bedankte. Boten liefen fort und kamen wieder aber Carletto war nirgends zu finden. Dieser hatte zwar von Giovannis Streich gewusst konnte aber, um kein Aufsehen zu erregen, an der Hochzeit nicht teilnehmen. So war er in die Berge gewandert, wo er Wiesen kannte, auf denen es sich wunderbar träumen und dichten ließ. Als es Abend wurde, kehrte er in die Stadt zurück und saß nun mit Donna Diana beim Abendessen. Herzog Giovanni gab dem Majordomus Anweisung, den Haushalt aufzulösen und danach mit der Dienerschaft nachzukommen. Als auch das erledigt war, blieben noch ein Paar private und ernste Sorgen: Wer sollte

Isoldes Schutzgeist werden? Er dachte an Lupo, verwarf den Gedanken aber bald wieder. Lupo einweihen, hieße den Bock zum Gärtner machen. Trotzdem suchte er nach einer vertrauenswürdigen Person, der man von Monellos Absichten, erzählen müsste, um eventuelle Intrigen vereiteln zu können. Giovanni verlangte seinen schwarzen Mantel und begab sich zu Donna Diana, die er dort in vertraulichem Gespräch mit Carletto traf. Wieder musste er sich Huldigungen gefallen lassen. Die Venezianerin, deren Zukunft nun ungewiss war, vergoss einige Tränen, die wiederum den Dichter zu einem Sonett inspirierte. Nachdem die Tränen getrocknet und das Sonett vorgetragen war, eröffnete der Herzog unter vier Augen, dass sie das Haus und alles was sich darin befindet, als ihr Eigentum betrachten kann, wenn sie bereit ist ihm einen Dienst zu erweisen. Sie sollte Isoldes unsichtbarer Schutzgeist sein und diese durch ihre Klugheit und ihre zahlreichen Freunde vor unüberlegten Handlungen zu beschützen. Diana willigte ein und ließ sich alles genau erklären. Die Geschichte war unvergleichlich und sie lachte über Don Bartholomäus, der sich umsonst bemühte, wo doch auf der letzten Seite die Absolution zu lesen stand. Sie war ausgesucht worden, das Schicksal einer ehrbaren Frau zu hüten, erfüllte sie mit Freude und Genugtuung. Selbst als der Herzog ihr sagte, dass voraussichtlich Lupo, Isoldes Zukünftiger sein werde, zauderte sie keinen Augenblick. Sie würde ihre Aufgabe treu erfüllen! „Danach komm zu mir nach Paliano!", sagte Giovanni. „Wenn du bereit bist mit Violetta zu teilen, wird sich gewiss ein Schlösschen finden, das dich erfreut"!

Nachdem die beiden Männer Diana verlassen hatten, hielten sie in der dunklen Gasse vor dem Palazzo an und sahen hinauf, zu dem hellen Fenster, aus dem, eine Frau winkte. „Ave Diana!", flüsterte Carletto und auch der Herzog hob seine Hand zum Valet. „Gehen wir!", sagte er. Als sie ein paar Gassen weiter gegangen waren: „Dass die Bauern, die Jagdhunde meines Vaters erschlagen haben, vergebe ich ihnen, dass sie den Pfaffen Urbino aber haben laufen lassen, das sollen sie büßen!"

Dass Giovanni, jetzt Herzog war, hatte sich schnell verbreitet. Auch in der Schenke, wo das Fest immer noch weiter ging, standen die Leute beisammen und besprachen die Neuigkeit. Lupo hatte sie an Isolde weitergegeben und war dann in das Haus des Herzogs geeilt, um ihn zu beglückwünschen. Dort hatte sich auch der Bürgermeister mit seinem Ratsherrn eingefunden, denn es war Sitte, einen regierenden Fürsten, der Giovanni jetzt war, im Namen der Stadt zu begrüßen. Der Herzog lächelte nach allen Seiten und verlieh dem Bürgermeister, zur Erinnerung eine goldene Kette mit einer Münze. Dann rief er Lupo zur Seite, um ihn durch dunkle Andeutungen zu Geduld und Ausdauer zu raten. „Gut Ding braucht Weile! Wenn du einmal glücklich bist, wirst du nicht bereuen, dass du so lange darauf gewartet hast!" Lupo schüttelte zwar den Kopf, aber irgendwie machte es Sinn.

Graf Angelo und seine Gefährten schnarchten längst in ihren Betten, als der Herzog und Carletto ihre Pferde bestiegen und durch das Tor ritten. Eine Menge Leute standen mit Fackeln und Laternen und schrien in südländischer Begeisterung Vivat! „Wohin, mein Herzog?", fragte Carletto, denn die eingeschlagene Richtung war falsch. „Zu Isolde!" Da war der Dichter zufrieden.

Isolde saß im Erker und sah aus dem Fenster auf die nächtliche Stadt hinunter. Sie wusste, dass sie Giovanni auch verlassen würde, und war traurig. Monellos bester

Freund ging fort und mit ihm der letzte Trost, den ihr der Tote zurückgelassen hatte. Was wird nun werden?

Hufe klapperten die Gasse herauf. Isolde beugte sich hinaus und sah zwei dunkle Reiter, die eilig näher kamen und vor dem Tor von ihren Pferden stiegen. Der Türklopfer dröhnte durchs Haus. Er klang so hart und ungestüm wie damals, als man ihr die Nachricht, von der Verwundung Monellos gebracht hatte. Sie horchte auf die schlurfenden Schritte Occhios und es dauerte eine Ewigkeit, bis sie das Tor knarren hörte und Giovannis Stimme erklang. Vor Ungeduld lief sie auf den Flur hinaus und zum Geländer. Der Herzog eilte die Treppe herauf und Isolde sprang in seine Arme.

„Madonna!", flüsterte er, „ich muss Euch verlassen. Es soll aber kein Abschied für ewig sein. Kommt mit mir, ich muss mit Euch reden!"

Carletto stand, bleich und schlank, an einer Säule der Vorhalle und seine dunklen Augen flackerten von einem Feuer, das Liebe oder Hass sein konnte oder beides. Er folgte den beiden ein paar Schritte und setzte sich, als er die Tür ins Schloss fallen hörte auf eine Truhe. Als der Herzog und Isolde alleine in der Stube waren, bemerkte sie den ernsten Ausdruck seines Gesichtes und sie bekam Angst. „Rede nicht hier in der Stube, sie erdrückt mich! Komm mit mir!" Sie nahm ihn bei der Hand und führte ihn in den Garten. Staunend sah Carletto, wie sich der Herzog von Isolde führen ließ. Sie gingen nebeneinander her, die feine, schlanke Frau neben dem großen, mächtigen Mann und Isolde sah aus wie ein kleines Mädchen, das einen Riesen bezwungen hat, der ihr jetzt schnurrend folgte. Sie führte ihn bis zum Myrtenbaum an die Mauer. „Jetzt rede!", sagte sie und ihre Brust hob und senkte sich. Giovanni entblöße sein Haupt und sah zu den Sternen am Himmel: „Der Gott, an den ich glaube, ist der, den wir Menschen im Herzen tragen. Er ist Güte und Schönheit, er beseelt uns, sodass wir leben und einander erfreuen können. Er zürnt nicht, wenn wir schwach sind. Aber er liebt es wenn wir Schlechtes unterlassen und belohnt uns durch Zufriedenheit. Der Gott, an den ich glaube, ist die Stimme unseres Herzens. Glaubt ihr auch an diesen Gott, Madonna?" Er schwieg und blickte Isolde an. Sie hatte erstaunt seiner Rede gelauscht und jetzt schämte sie sich, weil sie nicht alles verstanden hat. „Ich wünsche, dass auch Ihr an diesen Gott glaubt, dann wird ein großes Wunder geschehen! Es wird hell um euch werden und ihr werdet erfahren, was Liebe ist! Hört mich an: „Ich benütze die letzte Stunde, in der ich hier bin, euch an euren Schwur zu erinnern und auch an das Zeichen, dass Euch gegeben wird, um ihn zunichtezumachen! Habt ihr schon daran gedacht, was es sein könnte?" Isolde lehnte sich zitternd an die Mauer „Nein!", flüsterte sie erregt, denn sie hatte das Zeichen ganz vergessen, wie etwas, das keinerlei Bedeutung hat. Giovanni lächelte: „Bleibt euch selbst und Eurem Herzen treu, dann wird es kommen!" er sprach mit rätselhafter dunkler Stimme. „Wenn es gekommen ist, dann seid seiner würdig. Wollt Ihr mir das versprechen, Isolde?" lange schwiegen beide. Im Dunklen verborgen kam Don Monellos Seele von den Sternen herab, umschwebte die lieben Menschen und küsste als lauer Wind die geliebte Frau. Die Blumen erwachten, öffneten ihre Kelche und verbreiteten süßen Duft. Der Myrtenbaum warf Schatten auf die helle Mauer und durch die Zweige leuchtete Venus herab, hoheitsvoll in weißem Licht barmherzig und allwissend. Vom Garten nebenan klang Musik, noch immer feierte man. Niemand dachte, die Gäste heimzuschicken und die bunten Lampen zu löschen. „Wollt Ihr mir das besiegeln, Isolde?" Die Frau nickte, Giovanni legte seine Arme um sie, zog sie an sich und küsste ihre Stirne und ihre Augen." Glaub mir!" flüsterte er, heimlich wie ein Dieb. Er kostete die Süße, von der er in mancher Nacht geträumt hatte. „Glaub mir! Leb wohl, Isolde!"

Um Mitternacht ritten zwei Männer durch das Tor auf die Landstraße hinaus. Unter den dunklen Mänteln trugen sie Brustpanzer und lange Schwerter zum Schutz gegen die Räuber der Berge. Der Mond goss sein Licht über das Land und beleuchtete den Weg, wie ein fürsorglicher Wirt, der seine Gäste heimgeleitet. „Warum so schweigsam Carletto?", fragte der Herzog nach einer Weile. „Ich denke über die Menschen nach, es sind komische Dinge in denen Engel und Teufel hausen!" „Richtig, ein Engel und ein Teufel bestimmen unseren Verstand. Aber wo sie sich einigen, werden wir zum Menschen!" Sie gaben ihren Rossen die Sporen, denn sie wollten am nächsten Tag ankommen.

# 9

Ein halbes Jahr war vergangen, seit Monellos Tod. Isolde wollte den heißen Sommer in ihrem Landhaus verbringen, das inmitten eines großen Gartens lag, wie alle vornehmen Italienerinnen. Teresa, die Amme und Bea begleiteten sie. Zum Schutz der Frauen und des abgelegenen Hauses nahm Occhio, der einäugige Diener seine Dogge Perikles mit. Isolde liebte die Schönheit der toskanischen Sommertage. Auf der Loggia konnte man angenehm sitzen und Siesta halten. Wenn die Sonne zu heiß brannte und glühende Luft alle Zimmer des Hauses erfüllte, nahm sie in dem Weiher ein erfrischendes Bad. Immer dabei waren Bea und die Dogge, die ihr Gesellschaft leisteten. Amme Teresa suchte inzwischen, alle Wiesen und Wälder nach heilsamen Kräutern und Wurzeln ab. Für die Alte war die Natur, nichts weiter als eine große Vorratskammer, aus der man Flaschen und Tiegeln mit wirksamen Salben füllen konnte. Im Haus hing das Kräuterzeug auf langen Schnüren zum Trocknen. Bald roch es nach Thymian, Augentrost oder Spitzwegerich, Lindenblüten und Lorbeer. Einen Buckel voll hatte Teresa schon in die Stadt geschafft, damit sie im Winter auch etwas einzukochen hat. Occhio half ihr dabei, aber er tat es nur, um seine Ruhe zu haben. Lieber hätte er Vogelfallen aufgestellt oder die Angel geworfen. Das hatte ihm aber Isolde strengstens verboten. Manchmal kam einer der „Lustbrüder" aus der Stadt, um ihr zu erzählen, was es Neues gibt. Sie berichteten alles, was vorgefallen war. Besonders von dem großen Prozess, der gegen Avaro stattfand. Der alte Wucherer wollte von der Hochzeit seines Sohnes nichts gewusst haben und deshalb auch nichts bezahlen. Er wurde von den Händlern verklagt und vor Gericht gezerrt. Die ganze Stadt war auf den Beinen und mehr als hundert Zeugen waren aufmarschiert. Kaspar Öchsli führte sie an und verhalf ihnen zu einem großen Sieg. Nach dem Urteil, das den Wucherer zur Zahlung aller Kosten verdammte, musste die Stadtwache den Platz und die Gassen räumen, da die Menschen Lust hatten, Avaro auf seinem Heimweg zu verprügeln. Sein abermaliger Gesinnungswechsel hatte sie so erbost, dass wenn einer, später nicht die Wahrheit sagte, hieß es: Er spricht so wahr, wie der alte Avaro! Dies und das, erzählten die Besucher. Isolde wusste selber nicht, ob sie die Gesellschaft gerne hatte. Einmal fand sie es als angenehm, einmal war es ihr zuwider, niemals aber war sie froh. Viel lieber hätte sie mit Lupo oder Giovanni geplaudert. Der eine war weit weg und der andere hatte keine Zeit.

Lupo grübelte selber über den Grund nach, warum nicht auch er, zu Isolde aufs Land ritt, um einen schönen Abend mit ihr zu verbringen? Je länger er Isolde nicht gesehen hatte, desto stärker wurde seine Liebe. Furchtbarer der Gedanke, sie an Don Bartholomäus zu verlieren. Manchmal verbrachte er mit Roberto einige Stunden mit Diana. Aus seinen Reden loderte wilder Hass, der sich durch nichts beruhigen ließ, „vertraue der Zeit, Lupo!", riet immer Roberto und Diana, die für ihn eine verborgene, leidenschaftliche Liebe empfand, sagte, während sie seine Haare streichelte: „Wisst Ihr nicht, Don Lupo, dass es eine schöne Frau beleidigt, wenn man bei Ihr ist und von der Liebe zu einer anderen spricht?" Lupo starrte sie an und dachte: Ich begehre sie, wie nie ein Weib zuvor, aber ich kann sie nicht lieben!

Einmal kam er mit Robert, spätabends und wurde von Diana sofort empfangen. Wie zwei verschiedene Welten standen sie einander gegenüber. Der hagere Mönch in seiner groben Kutte und das herrliche Weib in leuchtender Seide. Aber es dauerte nur einen kurzen Augenblick und sie erkannten, dass sie sich ähnlich waren. Der Mönch erzählte seine Geschichte. Es war die, eines aufrechten Mannes, der wie ein Baum auf einsamer Heide steht, um den die Stürme toben, bis sie ihn gefällt haben. Ein impulsiver Charakter, der glaubt, dass er jedes Unrecht sofort rächen müsse und damit die ganze Welt gegen sich aufbringt. Er glich einem Hund, der gerne irgendjemanden treu sein möchte, überall aber mit Prügel vertrieben wird, nur weil er scharfe Zähne hat!

„Wie kommt es, dass wir, die wir verachtet und verstoßen sind, mit unseren Herzen am Guten hängen und die Hüter der Gesetze uns arme Teufel zu Tode quälen?", fragte Diana. „Das kann ich dir sagen: Es kommt, weil wir Menschen aus Fleisch und Blut sind und nicht Lemuren, wie die Richter. Wir sind jung und unser Geist ist noch nicht von Schnee der Haare angesteckt. Es kommt, weil wir die Liebe kennen, die uns alles über das Leben erzählt. Das Leben ist nicht Bereicherung durch Raub und Totschlag, so mag es in der Urzeit gewesen sein, wo in der öden Wildnis, Eber und Bären gehaust haben. Heute aber, wo wir zivilisiert sind, sollten wir mit anderen Waffen kämpfen.

„Wie sehr hast du dich geändert?" Lupo nahm die Hand des Freundes, um sie herzhaft zu drücken." „Die leidenschaftliche Liebe, die du immer empfunden hast, ist verklärt und auf den Himmel gerichtet?" „Ich habe die Schriften der Alten studiert, Sokrates, Plato und Aristoteles, wie man das Unrecht im Leben durch Heldenmut besiegen kann. Ich habe darüber nachgedacht und bin zu dem Schluss gekommen: das Leben muss mehr sein, als Hunger, Notdurft und Wollust. Wozu drüber reden? Wenn ich die Kutte abgelegt habe, werdet ihr sehen, was ich tun werde." Diana fühlte sich zu dem Mönch hingezogen und er besuchte sie danach heimlich. Wieder hatte Bologna die Stadt aufgefordert, nach Roberto Mozzi, den Aufwiegler und Mörder des Stadthauptmannes, zu suchen, da sie ihn hier vermuteten. Darum musste er sich im Kloster verbergen, um nicht erkannt zu werden! Don Bartholomäus überwachte Isolde eifersüchtig und trug seinen schweren Bauch, öfter als nötig zu ihr ins Landhaus. Er horchte Bea, Occhio und die Amme aus, ob sie nicht etwa gesündigt hätten und Isolde bei unerlaubten Genüssen behilflich gewesen zu sein. Bea und der Einäugige verneinten mit ruhigem Gewissen, die Amme aber tat entrüstet wegen dieser Zumutung. Teresa war hier alt geworden und kannte die Schliche der Pfaffen. Eh, alter Höllenbraten, dachte sie, hast wohl schon mit Domina Angela von den weißen Schwestern ein Abkommen getroffen? Damit sie dir ein Drittel von dem gibt, was Isolde ins Kloster mitbringen würde. Aber warte nur, altes Rabenaas, solange in Spanien der Pfeffer wächst, sollst du kein Glück haben!

Trotz seiner Klugheit konnte er Teresas Gedanken nicht erraten. Teresa hatte Recht, bis auf den Unterschied, dass Domina Angela dem Prior nicht ein Drittel, sondern die Hälfte von Isoldes Vermögen versprochen hatte. Die Beiden waren einmal ein Liebespaar und sehr verliebt, sie hatten ihre zärtlichen Gefühle bis ins Alter erhalten.

Die Amme ahnte das Richtige und sie glaubte, dass es höchste Zeit sei, einen wirksamen Gegenzauber zu machen. Isolde hatte ihr gestanden, wie sehr sie die Einsamkeit quälte und wie schwer es ihr fiel, Monellos Verlangen, zu erfüllen. Das Brevier der Liebe und Lust war mit aufs Land gekommen. Jeden Tag goss eine neue Seite Feuer in ihre Adern. Ohne dieses Buch hätte sie sicherlich ein ruhigeres Leben geführt, wie viele andere Frauen, die ohne Liebe leben müssen. Die Erinnerungen aber, die Don Monello aufgeschrieben hatte, wälzten sich bei Tag und Nacht durch ihre Gedanken. Es ging ihr wie dem heiligen Hieronymus, den die Dämonen versuchten. So oft sie die rechte Hand hob, um sie zu verscheuchen, hob sie auch die linke, um sie wieder zu holen. Selten nur, wenn Besuch kam oder im garte mit Bea und dem Hund spielte, hatte sie ein bisschen Ruhe. Sie grübelte viel über Giovannis Abschiedsworte. Welches Zeichen könnte es sein? Sie kam aber zu keinem Schluss und wartete auf Monellos Geist, damit er sie erlöse. Oft träumte sie, wenn sie nach dem Baden auf dem Gras lag, dass Jupiter sie wie Leda, Jo oder Danae besuchen werde und späte durch das Schilf nach dem Schwan und durch die Baumwipfel nach der Wolke oder dem goldenen Regen. Im Schilf watschelte ein Enterich, der nicht im Entferntesten wie ein Gott aussah. Auch die Wolke, die hin und wieder über den Garten zog, hatte keine Lust herunter zu kommen. Darüber ärgerte sie sich und kehrte von den Göttern wieder zu den Menschen zurück. Die Götter sind schöner, aber die Menschen näher.

Die „Lustbrüder" waren besonders scharfsichtig und erkannten, dass Isoldes Melancholie und Blässe nur eine Folge der allzu großen Einsamkeit war. Sie machten eine

Versammlung, bei der viel geredet und auf den Tisch gehauen wurde. Zepo, der die Zwölf gewürfelt hatte und noch nicht weiter gekommen war, kam gar nicht zu Wort, weil ihn die anderen niederschrien und ihm Nachlässigkeit vorwarf. Es stellte sich auch heraus, dass sie fromm geworden waren, denn mancher hatte der Madonna Kerzen versprochen, falls sie ihm, bei Isolde behilflich wäre. Nur Sasso, der Schwarze, lachte darüber. „Welche Narren ihr doch seid!", höhnte er. „Glaubt ihr, die Madonna wird euch helfen, eine keusche Frau zu verführen?" „Ich habe meinen Wunsch den heiligen Juliano anvertraut und ihm eine große Kerze versprochen. Er ist der Patron der Herbergen, mit seiner Hilfe ist es möglich, dass Isolde mir Gastfreundschaft gewährt!" Darüber lachten alle und Zepos voller Bauch wurde davon so geschüttelt, dass er sich übergeben musste.

Die Freunde hatten sich so gefreut, dass Giovanni abgereist war. Lupo hatte sich in die Politik gestürzt, er hatte mächtige Gonner, die sein Wissen und seine Talente sehr schätzten. Er war in das Studium ernster Fragen so beschäftigt, dass er kaum Zeit für sich selber hatte. Sebastiano, war aus Genua und hatte von seinen seefahrenden Vorfahren, Abenteuerblut in den Adern, ging wie ein brüllender Löwe umher, aber niemand wusste so genau warum! Es schien, dass er mit Anna, der schönen Dienstmagd, innig verbunden war. Er war länger in ihrer Kammer, als bei den „Lustbrüdern" in der Stube. Don Sasso, der Schwarze und Zepo freuten sich darüber sehr, weil ein Rivale weniger da war und sie somit ihre ganze Aufmerksamkeit, dem schändlichen Treiben Don Bartholomäus richten konnten. Aus dem Palazzo von Donna Diana kam der Prior immer verjüngt und eitel heraus. Der Stolz eines Gecken hatte ihn befallen. Er glaubte er wäre der bevorzugte Liebhaber und ging stets, in frisch gewaschener Kutte aus feinstem Tuch, hatte Kinn und Tonsur säuberlich rasiert. Die Duftwolke, die er um sich verbreitete, brachten die Frauen und Mädchen in pures Entzücken. Die Schlauheit, mit der er es verstand, seine Abwege geheim zu halten, war die Krönung, wie er glaubte. Darum war er sehr erstaunt, als eines Tages ein Pamphlet verbreitet wurde, das in lustiger Weise, von den amoralischen Abenteuern eines Mönches erzählte. Jedermann konnte ohne Mühe den Prior der Benediktiner erkennen. Die Stadt lachte Tränen, Zepo aber freute sich über den gelungenen Streich und beschloss sofort zu Isolde zu eilen, damit sie erkennen konnte, wie scheinheilig der Prior sei und wie die Stadt sein Treiben verurteilt. Don Bartholomäus aber kam ihm zuvor. Er hatte sofort erkannt, dass die Spottschrift für Isolde geschrieben war und noch ehe er sich beim Bischof, beschwerte, eilte er zu Isolde und sagte: „O, Madonna! Ich bin ein Märtyrer meines heiligen Berufes. Einigen Menschen ist mein frommes Leben ein Dorn im Auge. Sie haben eine Schmähschrift gegen mich verfasst, die von Lügen und Verleumdungen strotzt. Wer diese Ausgeburt eines verdorbenen Skribenten, Schreiberling, liest, macht sich einer schweren Sünde schuldig. Deshalb bitte ich Euch, das Geschmiere, falls es zu Euch kommt, sogleich zu verbrennen!" Isolde versprach es zu tun und entließ ihn, nachdem sie ihn getröstet hatte. So musste Zepo, der danach ankam mit seiner Schmähschrift und Isoldes schweren Vorwürfen, wutschnaubend wieder abziehen.

Während Zepo neue Pläne schmiedete, Don Sasso auf die Hilfe des heiligen Juliano wartete und Donna

Diana fern, aber aufmerksam, die Dinge verfolgte, war Carletto der Dichter, in die Stadt zurückgekommen. Entgegen seinem Vorsatz der Versuchung fern zu bleiben, hatte er sich in Isoldes Landhaus einquartiert. In seinen Gedichten nannte er das Haus immer: den Himmel auf Erden! Isolde mochte den jungen Schwärmer, dessen blau, Knabenaugen, sie mit so viel Bewunderung ansahen. Sie freute sich einen gefunden zu haben, der die sommerlichen Stunden, nicht mit allzu heftigem Werben verdarb. Carletto erzählte von seiner Zukunft, Carletto wickelte das Stickgarn auf kleine Spulen, Carletto las vor, Carletto sang zur Mandoline, Carletto war ein guter Kerl, den die Welt bisher um alles Gute und Schöne betrogen hatte.

Nonna Teresa, die genug Kräuter gesammelt hatte, beobachte Carletto, misstrauisch. Sosehr sie abends Isoldes Kopfpolster auch gerade strich, war am Morgen, nur der Abdruck von einem Kopf darauf. Was sind die Männer doch für Memmen! Dachte sie. Zu meiner Zeit war das anders!

Wenn ein Weib alt wird, entdeckt es seinen richtigen Beruf: das Kuppeln! Teresa hatte ihn längst entdeckt und damit schon Erfolg gehabt. Sie begann, wenn auch nur in Gedanken, ihre Herrin an den Mann zu bringen. Isoldes Traurigkeit brach ihr das Herz, und da sie den geheimen Wunsch ihres Täubchens kannte, dachte sie, wie sie ihn erfüllen könnte. „Was man geschworen hat, muss man halten!", sprach sie zu sich selbst. Aber solange in Spanien noch der Pfeffer wächst, lässt sich ein Ausweg finden. Wer aber sollte, unter all den stattlichen Herren, der sein, dem das hübsche Täubchen zufiel?

Lupo? ---- Von Herzen gerne hätte die Alte dem jungen Doktor geholfen. Lupo war aber trotz seines Studiums ein

Esel! --- Also musste es ein anderer sein. Teresa dachte nach und war bald für diesen, bald für jenen. Sie ging also in die Stadt, um sich die Herren noch einmal anzusehen. Sobald sie hörten, dass Teresa in der Stadt war, wollten sie um Geld und gute Worte alles über Isolde erfahren. Ihre Wahl fiel auf Don Sasso, der nicht nur der Stattlichste, sondern auch der Freigiebigste von allen war. Isolde hatte mehrmals über seine Schönheit und Kraft, beifällig gesprochen." „Hört mich an, caro signore", sagte sie, „ich habe längst bemerkt, wie sehr Ihr nach Donna Isolde schmachtet! Ich meine es gut mit Euch, ich will Euch helfen, da sich ja auch meine Herrin nach einem Liebsten sehnt. Aber ihr kennt den schrecklichen Eid, den sie niemals freiwillig brechen wird. Hört meinen Plan und sagt, ob er Euch gefällt: Ich habe ein Tränklein, das berauscht und die Abwehrkräfte schwächt. Das werde ich Isolde geben und Ihr habt dann leichtes Spiel. Kommt morgen, wenn der Mond aufgeht, in den Garten. Bei der Zypresse ist die Mauer nieder, dort steigt drüber. Von dem Birnbaum, dessen Äste bis an das Fenster reichen, kommt Ihr leicht in Isoldes Zimmer. Dort versteckt Euch unter dem Bett. Das Weitere ist Eure Sache. Nur macht es mit sanfter Gewalt, wenn es nötig ist, sie ist eine Dame und nicht die Küchenmagd Anna.

Don Sasso, war von seinem Glück, wie betäubt. Willigte in alles ein und ging, nachdem er der Amme ein großes Geldgeschenk versprochen hatte in die Schenke. Er ergab sich dort, bis in die frühen Morgenstunden, dem Trunk. Auch Teresa war zufrieden, alles wird gut! Wenn das Eis erst gebrochen ist, wird s Frühling!

Am Abend musste Carletto Abschied nehmen und zum Herzog zurück, kehren. Voll, vom Trennungsschmerz, verbrachte er den ganzen Tag mit Isolde, die ihm heute reizender vorkam als sonst. Wenn der Mond aufging, wollte er davon reiten. Er saß, heftig mit den Tränen kämpfend, zum letzten Mal, auf dem Balkon und liebkoste mit seinen Blicken das süße Weib. Ihr Bild war unauslöschlich in seinem Herzen. Einer der schwermütigen Abende in Italien brach an – so wie Dante es geschildert hatte: Goldene Wolken zogen über das verblasste Firmament, schräge Sonnenstrahlen brachen durch das Laub der Bäume, kletterten über die Mauern und über das Dach. Die Fliegen wurden müde und suchten einen Platz zum Schlafen. Die Stechmücken erwachten und die Zikaden sangen, lauter, je später es wurde. Fledermäuse glitten lautlos wie Dämonen durch die Dämmerung und das Licht der Glühwürmchen leuchtete wie verstreute Edelsteine. Verlegen sahen Carletto und Isolde in den Park. Strahlend zog Venus herauf, denn es war Nacht geworden. Wer je geliebt hat, für den ist es schwer, in diesen Nächten alleine zu sein. Die Erinnerungen umhüllen das Herz und verlassen es erst am Morgen. Isolde litt schwer in den Nächten der Venus. Scheu blickte sie zu Carletto, der regungslos auf seinem Stuhl saß. Steh auf und komm! Dachte sie. Nimm mich in deine Arme und zwing mich zu dem Glück, das ich nie freiwillig ergreifen darf. Raube mir mit deinen Liebkosungen das Bewusstsein und töte mich mit deinen Küssen! ----oh! ---Aber nichts geschah!---- Ernst und feierlich nahm Carletto ihre Hand, die weiß und schmal in seiner lag, und drückte einen Kuss darauf, der von Dankbarkeit und Entsagung zeugte. Isolde hielt still und genoss den Schauer der Liebkosung, der ihr prickelnde Lust, verschaffte. Carletto! wollte sie sagen, aber kein Laut kam über ihre Lippen. Zart und behutsam, als fürchte er, Ihr wehzutun, hielt er ihre Hand. „Denkt an mich, vergesst mich nicht!" schnell eilte er ins Haus, um abzureisen.

Um die gleiche Zeit wanderte Don Sasso zum Landhaus. Unter dem Arm, trug er, sorgsam in ein Tuch gewickelt, ein duftendes Schinkenbein, mit der er die Dogge bestechen wollte. Nie wäre es ihm eingefallen mit einem Schinkenbein spazieren zu gehen. Der Knochen aber schien ihm Symbol für ein köstliches Abenteuer. Ausgeschlafen und gebadet, wie es sich für einen Liebhaber gehört, wanderte er dahin. Voll Hoffnung, dass es gelinge und voll Furcht, dass Teresa ihr Versprechen nicht einhalten könnte. Dort an der Straße stand das Bildnis des Heiligen Juliano, den er um Hilfe angefleht und eine Kerze versprochen hatte. Jetzt, da er dem Ziel so nah war, wollte er nicht vorbei gehen, ohne dem Heiligen zu sagen, dass es besser ist sich mit einem alten Weib zu verbünden, als die Nothelfer anzurufen. Don Sasso pflanzte sich am Wegrand auf, stemmte seine Hand in die Hüfte und sagte: „Ja, ja, mein lieber Heiliger! Diesmal geht es auch ohne dich. Und wenn du hier bleibst und nicht weggehst, wirst du sehen, dass ich nicht vor Sonnenaufgang zurückkomme. He! sag, ist das vielleicht dein Verdienst?" Der Mond war aufgegangen und schaute auf die Szene herab, er war neugierig, wie es weiter ging und auf das Ende. Sein Licht verlieh der Statue Leben und malte ihr menschliche, lebendige Züge. „Wie", rief Sasso, der glaubte der Heilige würde spöttisch lächeln, „du lachst noch über deine Bosheit? Seht den falschen Kerl an! Was bist du für ein Heiliger, der sich Kerzen versprechen lässt und mit seiner Hilfe versagt? Hab ich dir nicht genug Zeit gelassen? Und außerdem habe ich deinetwegen den Spott meiner Kumpel ertragen müssen? He, du scheinheiliger Heiliger, du bist nichts anderes als ein Holzklotz. Aber warte nur! Überall werde ich erzählen, was für ein unverlässlicher Patron du bist! Gerade wollte er sich schimpfend entfernen, als er die vielen Kerzen sah, die rund um den Sockel standen. Er wurde wieder wütend. „Wie!", schrie er außer sich, „den anderen hast du geholfen und mich lässt du im Stich? Bin ich schlechter als die Strauchdiebe und die Wegelagerer, deren Schutzpatron du bist? Das sollst du mir büßen!" Er legte das Schinkenbein am Wegrand nieder, zückte die Hundepeitsche, ohne die er auch heute nicht ausgegangen war, und begann den Heiligen nach allen Regeln der Kunst zu verprügeln. Es hagelte Hiebe, sodass das morsche Holz nach allen Seiten flog. Dicke Schweißperlen, flossen, bei dieser Henkersarbeit über seine Stirn. Wie ein Berserker schlug er den heiligen Juliano, und als ihm die Arme vom Prügeln wehtaten, begann er mit der Figur zu ringen. Bald lag er, samt dem Heiligen auf der Erde, ließ ihn aber nicht los, denn er glaubte nun wirklich, es mit einem lebenden Menschen zu tun zu haben. Erst als er sah, wie hoch der Mond gestiegen war, besann er sich. Er war schon ein Stück weiter gelaufen, als er sein Schinkenbein vermisste. Er musste zurück, um es zu holen. Zur Strafe wurde der gestürzte heilige mit einigen Fußtritten traktiert und in den Straßengraben befördert, in dessen Morast er gurgelnd verschwand.

Isolde hatte von Carletto Abschied genommen. Dann war sie in ihr Zimmer hinaufgegangen, um eine Seite im Brevier der Liebe und Lust zu lesen und dann schlafen zu gehen. Sie war sehr unruhig und nahm gerne einen Becher von dem Schlaftrunk, den die Amme gebraut hatte. Aber er wirkte nicht! Bald wurde ihr heiß und dann wieder kalt. Schauer durchfluteten ihren Körper und deshalb schloss sie das Fenster und hüllte sich in ein Tuch und begann zu lesen: Wie der Himmel, trägst du heut ein blaues Kleid, ----eile her zu mir, du schöne Maid,--- Ich drück verliebt dich an die Brust! ---O, welche Freude, welche Lust! Monello hatte sie an der Hand genommen und war mit ihr in den kleinen Pavillon gelaufen, der ganz versteckt im Garten stand. Er hatte sie auf seinen Schoß gesetzt und sie mit Küssen überschüttet. Sanft hatte er ihr das Band aus den Haaren gezupft, und als ihre dunklen Locken schwer auf ihren Schultern lagen, hat er sie sanft um seinen Finger gewickelt und sie so zu sich her gezogen. Seine große, schwielige Hand streichelte ihre Brüste. Beim zärtlichen Tändeln verirrte sich seine Hand unter ihren Rock und er musste ihre kleinen Lustschreie mit seinen Küssen ersticken. ...

Inzwischen war Sasso bei der Zypresse an der Mauer angelangt. Die Dogge, die durch den Garten lief, hatte ihn sofort gewittert und sprang, knurrend auf ihn zu. Da sie aber mit Sassos Doggen-Dame Cora befreundet war, deren Duft an seinen Kleidern haftete und weil das Schinkenbein aus einem vornehmen Haus kam, vermutete Perikles, dass der Besuch ein willkommener war. Darum beobachtete er, das Schinkenbein schmausend, schwanzwedelnd was jetzt geschehen würde. Er hatte zwar noch nie gehört, dass man ein Haus über den Birnbaum betritt, schrieb dies aber seiner Dummheit zu und freute sich wieder etwas gelernt zu haben. Der Schwarze aber hatte andere Gefühle. Er saß wie ein Mensch der Vorzeit, auf einem schwankenden Ast und starrte durch das Fenster. Isolde saß bei einer Kerze und las. Wut und

Verzweiflung über seine Verspätung schüttelte ihn wie Fieber und der Baum, der glaubte es sei Erntezeit, ließ alle Früchte fallen, was einen ungewöhnlichen Lärm machte. ---Was tun?---Wenn nicht Gast, so doch Zaungast, dachte er, und wenn es nichts zu greifen gibt, gibt es vielleicht etwas zu sehen.----In der Tat!---

Isolde schloss das Buch, trug die Kerze auf das Tischchen neben dem Bett und begann sich auszuziehen. Warum regnet es Birnen? dachte Perikles, der schwanzwedelnd, unten stand und auf ein neues Schinkenbein wartete! Don Sasso rückte immer näher zur Spitze des Astes, um besser sehen zu können denn bald würde Isolde wie Eva aussehen. Doch es war ihm nicht vergönnt. Einen kurzen Moment lang sah er die Schönheit, die er nicht kosten konnte, weil er zu spät gekommen war. Dann war die Zahl seiner Frevel genug. Er verlor das Gleichgewicht, die Hände griffen ins Leere. Mitsamt dem Ast krachte er hinunter. Lähmendes Schweigen folgte. Isolde war beunruhigt zum Fenster gelaufen, ahnte aber nichts Böses, da ihr treuer Wächter unten stand und fröhlich mit dem Schwanz wedelte. Ein Ast wird abgebrochen sein, dachte sie, denn das war schon öfter geschehen. Sie schloss das Fenster und legte sich wieder nieder. Sasso betastete die Beulen und Prellungen, die ihm sein Abenteuer gebracht hatte, und trat von dem Hund begleitet, mühsam den Rückzug an. Beim Standbild des Heiligen blieb er stehen. „Verzeihe mir!", bat er zerknirscht, „ich sehe, dass man sich s mit dir nicht verscherzen darf! Mühsam holte er den Heiligen aus dem Straßengraben und hob ihn auf sein Postament, nachdem er ihn, so gut es ging, vom Schlamm gereinigt hatte. „Du sollst auf meine Kosten, einen neuen Anstrich bekommen", versprach er. „Und die Kerze bekommst du auch. Aber versuche nie wieder, mich mit einer Witwe zu verkuppeln!"

Tags darauf verbreitete sich die Kunde, Don Sasso, der Schwarze, sei auf der Straße, in der Nacht von drei Strauchdieben überfallen worden. Nur seiner heldenhaften Gegenwehr verdanke er sein Leben. Man bestaunte den Helden, der überall, dick verbunden, von seiner Tat erzählte.

# 10

Um Isolde war es still geworden. Die Herren sahen, wie nutzlos das Werben war. Manche trösteten sich anderswo, da es schöne Frauen in Hülle und Fülle gab, die nicht durch einen Eid gehindert waren, ihre Gunst zu verschenken. Einer Frau, die umworben wird, ohne zu gewähren, geht es wie einem Berg, der seiner Besteigung, unüberwindliche Hindernisse in den Weg legt. Immer wieder versuchen es Mutige, den Gipfel zu erreichen, bis sie die Zwecklosigkeit erkennen. Der Berg kommt in Verruf, man umgeht ihn im Bogen und tröstet sich damit, dass es noch andere Berge gibt, die leichter zu besteigen sind und eine genauso schöne Aussicht bieten. So war es still um Isolde geworden. Giovanni erfüllte seine Herrscherpflicht, Lupo war in geheimer Mission auf Reisen, Zepo hatte seine Schreiberstelle bekommen und saß bis spät in der Nacht über seinen Schriften, es war also niemand da, mit dem sich Isolde unterhalten konnte. Sie hatte nur ihre treuen Diener und Perikles, die Dogge, die das Schinkenbein immer noch nicht vergessen hatte, das in einer lauen Sommernacht vom Himmel gefallen war.

Der Sommer ging vorüber und bald wurde es Herbst. Graue Wolken und Regenschauer, wechselten mit trübem Sonnenschein, die Blumen starben und mit ihnen die bunte Pracht. Sosehr die Amme auch darauf drang in die Stadt zurückzukehren, konnte sich Isolde nicht entscheiden. Don Bartholomäus, riet ihr so lange wie möglich auf dem Land zu bleiben. Er selber kam bei Wind und

Regen, aber mit keinem Wort hatte er seinen Plan verraten. „Was die größte Beredsamkeit nicht fertigbringt, macht die Zeit ganz leicht", hatte Bruder Erasmo gesagt und Donna Diana, die auch sehr gescheit war: „Lasst in Isolde den Wunsch nach dem Schleier nur langsam reifen." Weil er so gut beraten wurde, war er glücklich. Eines Tages nahm er Bruder Erasmo in das Landhaus mit. Er hatte seine Tugenden und Frömmigkeit sehr gelobt und Isolde freute sich, die Bekanntschaft eines solchen Mannes zu machen. Sie hatte aber auch eine leichte Scheu vor ihm, die sie zu bekämpfen versuchte. Sie konnte ja nicht ahnen, wie sehr der Mönch mit Lupo befreundet war und wie schwer es ihm fiel, die Komödie zu Ende zu spielen. Bald zeigte sich, dass der Prior den weiten Weg nichtmehr gehen wollte und so überließ er dem Jüngeren, die Besuche bei ihr, denn der hatte nicht nur stärkere Beine, sondern war auch klüger. Bruder Erasmo, selber hatte den Prior auf diesen unseligen Gedanken gebracht, jetzt musste er den Plan durchkreuzen und zunichtemachen, ohne mit offenen Karten zu spielen. Donna Diana, hielt den Herzog auf dem Laufenden. Die Angeln des Hintertürchens, ihres Palazzos mussten oft geölt werden, weil bei ihr stets ein Gast war, der im Notfall ungehört flüchten musste. Einmal war es Bruder Erasmo, ein andermal Do Bartholomäus, der diesen verborgenen Ausgang genoss. Der Mönch wusste, von den Besuchen des Priors, der aber nicht von seinen. Es waren Tage, erfüllt von Heimlichkeiten, die Diana erlebte und ihr über die Langeweile halfen, die sie hatte. Seit Giovanni fort war, hatte sie Sebastiano als Geliebten. Er exerzierte vor der Stadt sein Regiment. Diana machte sich nichts daraus. Es war selten, dass sie sich für einen Mann Interessierte oder Liebe empfand, weil sie selber ungewöhnlich war und wieder nur das Ungewöhnliche suchte und deshalb selten auf ihre Rechnung kam. Für Lupo und Erasmo hatte sie Gefühle. In Lupo war es das Fremde, in Erasmo das Verwandte, das sie anzog. Für Lupo empfand sie die Liebe eines ergebenen Weibes, für Erasmo das Gefühl einer Kurtisane für einen Abenteurer. Ihre Gedanken waren kühn und verwegen, ihre Handlungen bewusst und ihre Gefühle zu sehr von der Vernunft beherrscht, als dass sich mehr als gute Freundschaft hätte entwickeln können. Gegen diese beiden hatte Don Bartholomäus keine Chance. Der Zufall, aber wollte es, dass der Prior siegte und einen gewaltigen Vorteil hatte, der die Lage mit einem Schlag änderte. Eines Tages erzählte ihm, Isolde bei der Beichte von ihren Träumen. Seine Zornesadern schwollen an, sie wurde von verführerischen Träumen nachts und sündhaften Gedanken tagsüber gequält. Da Isolde mit zitternder Stimme gestand, wie oft sie schon in Versuchung geraten war und wie sie nicht aus und ein wisse, blieb dem Prior nichts anderes über als darin das Werk des Witwenteufels zu erkennen der verhindern wollte, dass sie ins Kloster eintrete. „Halt, Madonna!", sprach er, „ein Dämon hat Euch zu seinem Opfer auserwählt. Ich werde Euch bei seiner Bekämpfung, behilflich sein. Erzählt mir haarklein, wie seine Künste sind und was er mit Euch gemacht hat!" Isolde fiel es sehr schwer, dem Prior ihr Inneres zu enthüllen. Es brennt so heiß und doch so fraulich keusch in ihrem Herzen. Erst stockend und scheu klang ihr Bericht, dann aber begann sie, in ihrem Schmerz zu wühlen und sie hörte nicht auf, bis sie die geheimste Kammer ihrer Seele und die tiefste Falte ihres Herzens geöffnet hatte. Entsetzt, wegen all der gräulichen Sünden, verbarg der Prior sein Gesicht im Ärmel der Kutte, manchmal murmelte er ein Stoßgebet oder eine Frage, wenn er etwas ganz genau wissen wollte. „Seht Madonna, wie gierig der Teufel ist: gibt man ihm den kleinen Finger, will er gleich die ganze Hand! Hütet Euch vor seinen Einflüsterungen! Schenkt ihm kein Gehör! Er kommt in vielerlei Gestalten: als falscher Freund, der bösen Rat gibt, als Vettel, die Hexenkünste treibt, als Junker mit zweifarbigen Strumpfhosen und goldener Kette über dem Wams, ja er scheut sich nicht in eine Kutte zu fahren, um als ketzerischer Mönch, Zweifel zu säen. Wehe, dreimal wehe, dem der nicht rechtzeitig erkennt, in welchen Händen er ist. Hütet Euch vor jedem und vertraut keinem anderen außer mir. Ich bin ein wahres Gotteskind und besitze Gottes Gnade in reichem Maße.

„Was nun Eure sündhaften Begierden betrifft, so tut Folgendes: lasst einen Zuber voll geweihtem Wasser in Eure Schlafstube bringen und badet darin und betet, ehe Ihr zu Bett geht. Kraft des Segens, den das Wasser hat, wird es alle Beschwerden und Hitzen aus Eurem Körper herausziehen und an sich saugen, sodass kein unheiliges Jucken Euren Schlummer stören wird. Auch bei Tag werdet Ihr vor Visionen und Versuchungen beschützt werden. Räuchert Euren Palazzo aus. Ich bringe Euch eine Kerze vom Altar der heiligen Magdalena, die zehn Scudi kostet. Besprengt auch Euer Lager mit dem geweihten Wasser. Wenn Ihr etwas Besonderes tun wollt, dann schnürt Euren nackten Leib mit einem groben Strick, in den Ihr vorher vierzehn Knoten gemacht habt. Alles wirkt, wenn die innere Reue dazu kommt. Geht in Frieden, Madonna und unterrichtet mich bald vom Erfolg. Am nächsten Tag schickte er ein Fässchen Weihwasser und eine Kerze, damit sie mit der Kur unverzüglich beginnen konnte. Ohne nachzudenken, willenlos, wie Verzweifelte manchmal sind, befolgte Isolde die Vorschriften. Sie zerstritt sich sogar mit Teresa, die mehr vertrauen zu ihren Tränklein hatte. Sie stöhnte in der Nacht auf ihrem Lager, denn die Knoten des Strickes rieben ihre zarten Hüften und ließen große rote Male zurück, wie vorher die Küsse ihres geliebten Monellos.

Der Winter kam, Nebel, Regen und Schnee vertrieben die letzten Gäste aus den Sommerhäusern, die nicht geheizt werden konnten und nun inmitten ihrer kahlen Gärten lagen. Auch Isolde zog in die Stadt zurück. Ihre Freunde besuchten sie bald, um sich zu erkundigen, wie es der jungen Witwe geht. Seit Monellos Tod war fast ein Jahr vergangen und sie rieten ihr, das Haus wieder zum Treffpunkt aller Gutgesinnten zu machen, wie es zu ihres Ehemanns Zeiten gewesen war. Die Herren meinten es gut, aber nur ungern versprach sie, für nächsten Sonntag ein Gastmahl. Ganz besonders als sie hörte Lupo würde in dieser Woche zurückkommen. Ihr Herz wurde schwer und traurig, sie hatte Angst vor diesem Wiedersehen. Don Bartholomäus, Wunderkur hatte nur wenig Erfolg gehabt. Die Kerze war herabgebrannt, das Wasser verbraucht, noch immer aber trieb der Dämon sein Spiel bei Tag und Nacht. Er kam in mancherlei Gestalt, besonders aber in der von Junkern in zweifarbigen Strumpfhosen, vor Isoldes Fenster. Am Sonntag kam Lupo zurück. Während die Diener im Haus rumorten und alles für das Mahl herrichtete, schaute sie vom Erkerfenster in die Gasse. Sie wartete!------Worauf wusste sie selber nicht. Auf Lupetto?----- Ob er wohl kommen und sie begrüßen würde? Er hatte ihr nicht einen Brief, von seiner Reise geschrieben und ihr auch keine Grüße ausrichten lassen. Ob die „Lustbrüder" noch fleißig saufen? Wie es dem jungen Avaro und seinem Eheweib geht? Hat Giovanni was von sich hören lassen? Waren seine Sorgen. Isolde fand, dass es weh tut so vergessen zu sein und sie musste weinen.

Um acht Uhr kam Bruder Erasmo und erzählte, er habe Lupo gesehen. Der habe aber weder rechts noch links geschaut und kaum Notiz von ihm genommen. Er habe hin und her geraten, ob Überheblichkeit und Stolz oder etwa eine ansteckende Krankheit Lupo so ernst und unnahbar gemacht hätten. Er glaube aber, dass eine geheime Liebe zu einer Dame Lupo am Herzen nage. Unruhig und voll Erwartung sah Isolde dem Abend entgegen. Der Gedanke an Lupo peinigte sie. Wer war es, die er liebte? Isolde, Isolde! Scheu und furchtsam prüfte sie ihr Herz und sie fand, dass es noch lebte und der Sonne entgegen schlug. Aber es wagte sich kaum zu rühren, wie ein Kind, dem die Rute droht. Furcht vor dem Prior erfasste sie. Im Geiste sah sie sein Gesicht, wie sie es zuletzt im halb dunkel der Kapelle gesehen hatte. Rund und feist, wie der Vollmond war es, strömte einen widerlichen Atem aus, der nach Räucherfleisch und Rotwein roch und er schaute so schrecklich, dass sie heute noch Angst hatte. Sie fand, dass der Mönch ihr fremder war, als der fernste Bewohner der Erde und das es nur die Kutte war, vor der sie Ehrfurcht und Vertrauen hatte. Wie konnte er, die Sorgen eines Weibes verstehen? Wie konnte er, der nur die himmlische Liebe kannte, von Lust und Qual wissen?

Freundlich begrüßte Isolde die ersten Gäste: der Erzgießer und Brunetto, der heute einen Degen trug. Es war ihm nicht möglich, die Einladung abzusagen, so wollte er bewaffnet sein, falls er mit Lupo zusammentreffen sollte. Als kleinlicher Mensch konnte er den Hass nicht bezwingen. Misstrauisch blickte er in der Stube herum, ob Lupo wo zu sehen sei, und dachte sich einen spöttischen Spruch aus, mit dem er ihn begrüßen wollte. Unterdessen waren auch noch andere gekommen. Bald war eine Diskussion im Gange und Isolde machte noch einige Handgriffe, um die Tafel zu verschönern. Es wurde spät und man zündete die Kerzen an. Alle Gäste waren da außer Don Bartholomäus und dem Capitano, dem Vater von Lupo. Man setzte sich zu Tisch, denn man wollte nichtmehr länger warten. Isolde im schwarzen Kleid saß oben neben dem Ältesten. Oft schaute sie zur Tür, ob nicht Lupo kommen würde. Aber immer war es Occhio, der eine Schüssel hereintrug oder Bea, die volle Kannen brachte. Endlich erschien der Capitano, der von lauten Willkommensrufen begrüßt wurde. „Unten in der Halle, steht einer der sich nicht hereintraut, weil er nicht eingeladen ist", sagte er, nachdem er Isolde begrüßt hatte. „Wenn Ihr einen Stuhl für ihn frei habt, Madonna, müsst Ihr ihn selber heraufholen. Es war schwer genug, ihn zum Mitgehen zu überreden!"

Isolde erblasste und errötete in einem. Kaum hatte sie die Kraft, um aufzustehen und hinaus zu gehen. Lupo! Lupetto! Sang es in ihr. Er kommt! Er ist hier! Er wartet!----- Eilig lief sie in ihre Kammer und holte den Ring und steckte ihn an ihren Finger. Er sollte sehen---, dass sie ahnte---, dass sie wusste!----OH!

Gerade auf der Treppe traf sie Don Bartholomäus, der mit der Mine des Schreckens heraufgestiegen kam. Er fasste sie grob am Handgelenk. „Madonna!", stöhnte er, „geht nicht hinunter, denn unten steht der leibhaftige Teufel in zweifarbigen Strumpfhosen und einer goldenen Kette über dem Wams! Ich schwöre zehn Eide, dass es derselbe Dämon ist, der Euch bisher so geplagt hat. Madonna!", keuchte er, als sie sich lachend aus seinem Griff befreien wollte, „dieses Kreuz, das der Papst Clemens selber geweiht hat, habe ich ihm entgegen gehalten, er hat gelacht, dass halb dem Bellen eines Hundes und halb dem Brüllen eines Stieres glich!"

Lächelnd lief Isolde in die düstere Halle, aber sie erschrak, als sie gegen Lupo prallte, der so wie ihn der Prior beschrieben hatte, im schwachen Schein eines Kienspans, an der Mauer lehnte. Er merkte, dass sie erschrocken war und ein Lächeln glitt über sein Gesicht. „Hab' ich Schnecken, Isolde, dass du dich so fürchtest?" Er wusste selber nicht, wie ihm diese vertraute Anrede entschlüpft war. Er streckte ihr seine Hände entgegen die rein und voll Sehnsucht waren. „Alle guten Geister loben Gott, den Herrn!", murmelte der Prior, der ängstlich hinunterschaute, während Lupo auf die Frau zuging und sie begrüßte. Zitternd legte sie ihre Hand in die seine und zog ihn hinauf, wo die Herrn schon nach ihm fragten. „Gott zum Gruß!", rief alle. Er sollte neben Isolde sitzen, aber Don Bartholomäus hatte sich schnell auf den vorbereiteten Stuhl gesetzt, so musste Lupo weiter nach unten rücken, denn der Prior war über den vermeintlichen Dämon nicht erbaut. So tafelten und tranken sie, scherzten und erzählten lustige Geschichten. Nur der Mönch legte sein ganzes Augenmerk auf Lupo, was er tat, was er sagte und wie er sich benahm. Die Ruhe, die er zur Schau trug, schien nur Verstellung. Lupo redete nicht viel mit Isolde, er hatte den Ring am Finger bemerkt und überlegte, welche Bedeutung es haben könnte. Auch sein alter Vater hatte ihn erkannt, strich nachdenklich über seinen grauen Bart und blickte forschend zu seinem Sohn. Spät und voll mit gutem Wein, verabschiedeten sich die Gäste. Der, der von seinem Eheweib erwartet wurde, stolperte eilig davon. Lupo aber, der eine Gelegenheit suchte, um mit Isolde zu reden, wartete noch ein Weilchen und mit ihm sein Vater. Don Bartholomäus war wie auf seinem Stuhl angewachsen. Isolde hatte sich in der Halle von ihren Gästen verabschiedet und stieg wieder hinauf. Auf diesen Augenblick hatte Lupo gewartet. Er trat hinter der Säule hervor, hinter der er sich verborgen hatte, ging auf Isolde zu, ergriff ihre Hand und führte sie an seine Lippen. Die schönen Worte, die er sagen wollte, waren vergessen. Er fühlte nur die Nähe, des geliebten Weibes, nach der er sich in der Ferne so gesehnt hatte. Ihr Kleid duftete so lieblich und er fühlte, die kleine Hand, die wiederstrebend in seiner lag. „Was wollt ihr, Lupo?", fragte sie leise, „was wollt ihr?" Lupo war von dieser Frage verwirrt, ließ ihre Hand aus und schaute zu Boden. „Alles Schöne in meinem Leben seid Ihr! Verzeiht, dass ich Euch liebe!" Er drehte sich um und lief aus dem Haus. Der alte Vater hatte die Szene gesehen, er stieg zu Isolde hinunter und sage: „Lupo hat nicht vergessen wie nahe er daran war Euch zu besitzen. Es hat sich manches verändert. Erweckt nicht unerfüllbare Wünsche in der Brust meines Sohnes, er hat sehr gelitten." Stumm hatte Isolde dem Alten zugehört. Schluchzend drückte sie ihren Kopf an seine Brust und der, voll Sorge um seinen Sohn, hatte große Mühe das junge Weib zu beruhigen." Geht hinauf zu Bartholomäus, er ist erfahren in solchen Dingen und wird Euch besser raten können!" Er führte sie in das Zimmer zurück, wo der Prior eingeschlafen war und sogleich erwachte.

Es kam eine Stunde der Qual und Verzweiflung. Mit Eifer und Fleiß forschte der Prior in der Seele des Weibes, fühlte in die tiefsten Gründe des Herzens, um sie mit dem Licht seiner Weisheit zu durchleuchten. Drohte und entlockte ein Geständnis, das die Seele zerfleischte und den Körper marterte. „Das Buch also, von dem Ihr, nach Monellos Gebot täglich eine Seite lesen müsst, ist es, das Euch erregt und sündhafte Bilder vorzaubert. Da könnt Ihr Recht haben. Alles Unheil kommt von den Büchern über die Welt. Nun wundert es mich nicht mehr, dass auch das geweihte Wasser nicht genug Kraft besaß, um das Übel zu bannen. Gebt mir das Buch, damit ich es lesen und den Fluch austreiben kann. Morgen bringe ich es Euch zurück, denn den Schwur müsst ihr erfüllen, auch wenn es voll der abscheulichsten Ketzerei wäre. So wanderte der Prior, mit Monellos „Brevier der Liebe und Lust" ins Kloster. Er hatte sich an der Lektüre sehr ergötzt und verbrachte eine vergnügliche Nacht. Als es Tag wurde und er die letzte Seite aufschlug, auf der die Absolution stand, wusste er nicht, ob er seine Schlauheit oder die Fügung des Himmels, lauter preisen sollte, die ihm so eine Kostbarkeit finden ließ. Jetzt hatte er keine Sorgen mehr, denn musste Isolde ins Kloster gehen und der Prior bekam seine fette Erbschaft.

Mit starker Faust riss Don Bartholomäus das gefährliche Blatt aus dem Buch, faltete es fein säuberlich zusammen und hielt es an die Kerzenflamme, in der es knisternd verbrannte.

# 11

Lupo war verzweifelt! Weder die tröstenden Worte seines Vaters, noch die ermunternde Rede Bruder Erasmos, halfen ihm darüber, dass er Isolde für immer verloren hatte. Er suchte in seiner Arbeit und seinem Studium Vergessen, aber alles, was er machte, misslang, als laste ein Fluch auf seinen Händen, die vorher gesegnet waren. Er trieb sich in den Bergen herum, stieg über Schluchten und Hänge, sah in die Stadt hinunter, über deren Dächern graue Nebelschwaden zogen. Er fühlte sich wie ein Ausgestoßener, als Fremder in der eigenen Heimat. Er litt Hunger und Durst. Wenn er abends müde heimkehrte, fand er trotzdem keine Ruhe. Lupo, der ernste Doktor der Rechte, schmiedete im Gedanken, fantastische Pläne und verwarf sie gleich wieder, nur um der Trostlosigkeit seiner Lage auszukosten. Was wollt Ihr? Diese Worte klangen immer noch in seinen Ohren und immer wieder erlebte er im Geist die Minute, in der sie gesprochen worden waren.

Ja, was wollte er? War es nicht Wahnsinn, aus heißer Sehnsucht, zu vergessen, dass zwischen ihm und Isolde Berge und Flüsse lagen? War es nicht blinde Liebe, die ihn zu Isolde trieben? War es nicht das Leben, das sich gegen den Tod wehrte und die Gegenwart mit der Vergangenheit kämpfte? War Isolde nicht frei? Sie war alleine, ohne Vater und Mutter, ohne Geschwister, ohne Liebsten und Freunde? War sie nicht mit ihm verlobt, sie trug ja seinen Ring am Finger? Trägt man Zeichen einer Vergangenheit, an die man sich nicht gerne erinnert? Solche Gedanken hatte er, füllten seine Tage. Der Winter kam in die Stadt und mit ihm allerlei Volk, das jetzt, wo es auf dem Land nichts mehr zu tun gab, Arbeit und Unterkunft suchten. Es brachte Leben in die Gassen und Wirtsstuben uns wanderte bettelnd von Tür zu Tür. Auch die Fenster des Palazzo von Donna Diana waren, abends, strahlend hell erleuchtet. Zwar waren es andere Gäste, als vor einem Jahr. Manche kamen durch das große Tor, andere benützten die Hintertür. Der treue Cosimo, der den geheimen Eingang öffnete, bekam so manchen Scudi! Es ist einmal so, wer ein geheimes Vergnügen genießen wollte, musste doppelt zahlen. Cosimo hatte schon viele Scudi und es waren einige dabei, die ihm Don Bartholomäus gegeben hatte. Von dem blassen Mönch in dem alten, verschlissenen Habit, der jederzeit zutritt hatte, bekam er nie etwas. Hinter ihm schloss sich immer die Türe, sodass man nie ein Wort hörte, was da geredet wurde. Wird halt ihr Liebster sein, dachte Cosimo und kümmerte sich nicht weiter darum. Er saß bei der Venezianerin und sie besprachen Lupos Schicksal. „Es gibt Dinge, auf dieser Welt, die weder Gott noch Teufel ändern können!", sagte der Mönch. „Es ist Liebe!", sagte Diana. „Es ist Furcht! Lehren wir den Mädchen nicht Demut und Gehorsam? Lehren wir sie nicht, sich mit eigenen Füßen zu treten und sich zu erniedrigen? Sperren wir nicht ihre Herzen in Käfige, wie eine Lerche, die sich nach Feldern sehnt und Brosamen picken muss, die eines Herren Hand ihr gibt? Graut dir nicht, Weib, wenn du siehst, wie jemand in der Blüte der Jugend zugrunde gerichtet wird, nur wegen einem dummen Schwur? Graut es dir nicht, wenn du gefesselt bist und kein fröhliches Leben mehr hast? Es gibt den freien Willen, der sagt was Gut und Böse ist und was getan werden muss! Findest du es richtig, ein junges Weib ins Kloster zu zwingen? ---Zu Gottes Ehren?---- O, Hohn. Als ob es nicht tausendmal mehr, zu Gottes Ehren wäre, wenn sie ihren Liebsten umarmen würde und so erfüllt, was Gottes Wort ist? ----Liebet und vermehret Euch?---

„Und Lupo?", fragte Diana ungeduldig wegen der langen Rede. „Wie können wir ihm helfen?"

„Wir können nichts für ihn tun, wir können nur wachsam sein!" Diana fühlte mit Lupo. Sie sehnte sich nach ihm und er sollte kommen und bei ihr Trost suchen. So schickte sie einen Boten nach dem anderen zu ihm. Er wurde aber nicht angetroffen oder wollte nicht kommen, so sehr sie auch flehte und bettelte. Sein Schicksal ihren Händen zu halten machte sie glücklich, aber auch traurig, denn er würde auch ohne ihre Hilfe zum Ziel kommen.

Eines Nachts kam Lupo ins Kloster und sagte, „ich danke dir, für deine Hilfe, Roberto!", während er sich müde des Mönches Lager setzte. „Ich habe dich in deiner Ruhe gestört und aus deinem Versteck getrieben. Es hat mir nicht geholfen. Ich habe meinen Wunsch begraben! Freund, ich will dir aus dem Kloster helfen. Gib mir, was du an Schriften hast, auf denen dein Name und deine Heimat geschrieben stehen. Draußen im Schilf, wo ich heute war, hat der Fluss einen toten Mann ans Ufer gelegt. Er gleicht dir, sein Gesicht ist unkenntlich und seine Kleider sind zerfetzt. Deine Papiere stecke ich in sein Wams, bevor man ihn findet!" Roberto starrte in die Kerze und er wurde blass. „Lupo! Das willst du für mich tun?" „Gib!", sagte Lupo. „Ich weiß, dass es Unrecht ist, aber du hast das Recht auf dein Leben!" Er lief zum Stadttor hinaus, zu dem Ertrunkenen. Grün und zur närrischen Fratze verzerrt, starrte das Gesicht des Toten ins fahle Mondlicht. Den Zeigefinger der rechten Hand streckte er anklagend nach dem Fluss. „He, stiller Mann! Du bekommst einen neuen Namen, der einen guten Klang im Lande hat!" flüsterte Lupo „Du heißt ab jetzt Roberto Mozzi, aus demselben Geschlecht wie der große Bischof, der demnächst heiliggesprochen wird! Hörst du? Stiller Mann, benimm dich danach!" er schob die Schriften unter den Wams des Leichnams und ging in die Stadt zurück. Nun bist du frei, Roberto! Das war die erste Freude, die Lupo seit Langem hatte. Wenige Tage später fand man den Ertrunkenen und erkannte in ihm Roberto Mozzi, den Bauernaufwiegler und Mörder des Stadthauptmannes, nach dem die Behörde schon lange gesucht hatte. Die Leiche wurde auf dem Schindanger verscharrt und in allen Kirchen predigte man, von der gerechten Strafe Gottes, die jeden Missetäter erreicht, auch wenn es ihm gelingt, sich der Gerechtigkeit durch feige Flucht zu entziehen.

Roberto Mozzi war tot, Bruder Erasmo aber lebte und er konnte aus dem Kloster gehen und ein neues Leben beginnen. „Solange ich dir nützlich sein kann, werde ich dich nicht verlassen", sagte er, und blieb dabei, sosehr auch Lupo seinen Kopf schüttelte. Er führte lange Gespräche mir Don Bartholomäus und spürte, dass dieser ein Geheimnis hatte, konnte es aber nicht erraten. Der Prior hatte nämlich beschlossen, nun, wo ihm der Zufall so zu Hilfe gekommen war, die Sache alleine zu Ende zu führen. Er wollte nicht teilen! Er wusste noch nicht, wie er die Oberin der weißen Schwestern um ihren Anteil betrügen könnte, den Mönch aber, wollte er auf gar keinen Fall an dem Geschäft beteiligen. Er tat so, als würde er keine Hilfe mehr brauchen, ja sogar, er hätte den Plan begraben und hüllte sich in Schweigen. Bruder Erasmo ließ sich nicht täuschen und wachte doppelt sorgsam über Isolde, die wie Lupo freudlos dahin lebte.

Eines Abends ging Lupo zum Kloster hinauf, weil er einsam sein wollte, und setzte sich auf eine Bank, die Isoldes Lieblingsplatz war und sah auf die Häuser hinunter, die sich langsam in Dunkel hüllten. Das Gesicht in die Hände vergraben, grübelte er vor sich hin. Er merkte nicht, dass ein kleiner dicker Mann die Straße herauf kam, vor der Bank erstaunt Halt machte und sich dann neben ihn setzte. Der Mann blinzelte in die Sonne, die wie ein gewaltiger Scheiterhaufen auf der Höhe leuchtete, sah scheu zu Lupo hin und faltete in frommer Geduld die Hände, als wollte er das Erwachen des Träumers abwarten. „Ja, ja", sagte er nach einer Weile, „wer einen Bruder Traurig treffen will, braucht nur hier ins Kloster zu kommen. Gestern saß einer hier und vorgestern und alle Tage. Ich habe sie nicht nach ihren Gedanken gefragt, weil es immer die gleichen sind: Armut, Krankheit oder Liebe! Auch dich, Lupo brauche ich nicht fragen, Geld und Gesundheit hast du. Also bleibt nur eins!" „Dein Scharfsinn, ist erstaunlich Zepo!", antwortete Lupo, „was nützt es, wenn du das Gebrechen kennst, aber keinen Zauber dagegen hast?" Zepo wiegte den geschorenen Kopf auf den breiten Schultern, verdrehte die Äuglein und legte seinen Arm liebevoll um Lupos Schultern. „Wer weiß, ob es das nicht gibt, was du Zauber nennst! Gegen Armut ist es die Arbeit, gegen Krankheit die Medizin und gegen einseitige Liebe... wenn ich so ein Kerl wäre wie du, wüsste ich s schon!" Lupo horchte auf. „Was wüsstest du da?" „Zwei Dinge sind's, welch die wenigsten Menschen besitzen und doch so notwendig für das Leben sind: Schönheit und Heldenmut! Es klingt wie ein Scherz, aber es ist so! Das eine besitzt du, das andere musst du erwerben. Geh zu Giovanni oder Donna Diana und lass dir von ihnen den Zauber sagen, der sie selber glücklich macht!" Sie schwiegen eine Weile und sahen in den Abend. „Mir nützt das Wissen nichts, aber ich freue mich, wenn es dir hilft. Es lohnt sich, glaub mir, es lohnt sich! Nun geh ich wieder, ich muss ins Kloster."

Ob ihm Diana den Zauber lehrte? An diesem Abend ging er in den Plazzo. Danach irrte Lupo nicht mehr vor dem Stadttor herum, seine Schritte waren fest, sein Tun bewusst und seine Arbeit gekrönt vom Erfolg. Immer wieder dachte er an Zepo, woher nahm der solche Weisheit? Auch Bruder Erasmo merkte die Veränderung und sprach mit Diana darüber. „Die Liebe ist das Nonplusultra des Lebens. Wer den Kopf hängen lässt, hat sein Glück noch nicht gefunden. Das Glück ist ein Vogel, der nur auf hohen, kräftigen Bäumen horstet, nicht aber auf niederen Stauden. Ich habe Lupo überzeugt, er glaubt nun daran!" Der Mönch saß auf ihrem Lager, beugte sich hinab und drückte einen Kuss auf ihre schimmernde Brust. „Ich bin frei, Diana! Willst du mit mir gehen und mir helfen, ein neues Leben zu beginnen!" Sie umarmte ihn mit ihren weißen Armen. „Glaubst du an den scheuen Vogel, Glück genannt?" Der Mönch stand auf. „Ja, ich glaube an ihn! Wenn ich ein Baum bin, so hat er schon oft in meinen Ästen gewohnt. Aber er wollte nie bleiben!" „O Robert, auch ich hoffe, ein Vogel wird einmal ein Nest in mir bauen. Aber mein Glück ist nicht das deine. Du bist ein Mann und willst die Fäuste gebrauchen, ich bin ein Weib und will in Ruhe leben. Verstehst du das?" „Wo ist es gut?"

„Ich weiß es nicht", flüsterte Diana, „ich suche noch!"

Wenige Tage nach Neujahr machte in der Stadt das Gerücht die Runde, Isolde, die Witwe, werde ins Kloster der Dominikanerinnen eintreten.

Es gab nur einen Menschen, den diese Kunde nicht erregte: Donna Diana. Lächelnd hörte sie die Meinung ihrer Freunde darüber an, lächelnd empfing sie Lupo, der bleich zu ihr eilte und lächelnd brachte sie Bruder Erasmo zur Ruhe, der in seinem Zorn ihre kostbaren Möbeln zu zertrümmern drohte. Niemand verstand ihr sonderbares Benehmen. „Schreibt an Giovanni", sagte sie zu Lupo. „Er meint es gut mit Isolde!" Am selben Tag noch wurde ein Kurier los geschickt. Man erfuhr auch, dass Don Bartholomäus ihr eingeredet hatte ihren Besitz zu verkaufen und den Erlös den Dominikanerinnen zu bringen. Hunderte Witwen hatten es schon so gemacht und niemand hat viel darüber gesprochen. Donna Isolde aber, die feine, stille Frau, die jeder kannte, und liebte in den Händen des Priors zu wissen, behagte den Leuten nicht. Wo seine weiße Kutte auftauchte, steckten die Menschen ihre Köpfe zusammen und manches unfreundliche Wort musste er hören. Alle wollten zu Isolde um sie eines Besseren zu belehren, sie wies aber alle Besucher zurück und verschloss ihre Ohren, auch gegen die besten Ratschläge. Die „Lustbrüder", von denen man glaubte, sie seien in alle Winde zerstreut, fanden sich in Kaspar Öchslis Schenke und vollführten einen Höllenlärm, der Isolde an das Fenster ihrer Stube lockte. Vom Prior traktiert, hatte sie selber den Wunsch gehabt, ihr Leid im Klosterfrieden zu begraben. Obwohl er ihr aufgetragen hatte, nochmals alles zu überprüfen, war er eines Tages mit Mutter Angelika von den Weißen Schwestern in ihr Haus gekommen, um alles Nötige zu besprechen. Es war beschlossen worden, dass Isolde zuerst den zweiten Punkt ihres Eides erfüllen und Monellos Buch zu Ende lesen sollte, worauf man sich schnell einigte und auch den geschäftlichen Teil dieser gottgefälligen Angelegenheit bald erledigen würde.

Um die gleiche Zeit kam Giovannis Antwort. „Kommt Zeit, kommt Rat!" hieß es darin. „Hab Geduld und bedränge Isolde nicht, um sie nicht zu verwirren. Lass sie ihr Buch zu Ende lesen, bis ihr die Lust, den Schleier zu nehmen vergangen sein wird! Glaub mir, Lupo! Küsse Diana von mir und sage ihr, sie soll sich an ein Versprechen erinnern, das sie mir gegeben hat." Diese Nachricht beruhigte ein wenig die Gemüter und man begann zu rätseln, wann Isolde mit ihrem Buch fertig werden könnte.

Wieder vergingen die Tage und die Entscheidung rückte immer näher. Alle, die für Isolde bangten, vermissten Giovanni sehr, selbst die „Lustbrüder", die dem Herzog nicht so gut gesinnt waren, wünschten nichts sehnlicher, als dass er kommen würde.------Aber er kam nicht.-----

Lupo und Erasmo kritisierten mit scharfen Worten die Freundespflicht und bedauerten es, dass Monello, Isolde nicht in eine bessere Obhut gegeben hatte. Donna Diana aber, noch immer lächelnd. „Ihr werdet Giovanni noch einmal dankbar sein und eure Flüche zurück nehmen!" Nonna Teresa hielt Lupo stets auf dem Laufenden, auch als Isolde im Frühling ihr Landhaus bezog. So erfuhr er, an welchem Tag, Isolde die letzte Seite gelesen hatte. „Nun gebt acht!", sagte Diana. „Ein Wunder wird geschehen und ihr werdet froh sein!" Sehr zum Erstaunen der Venezianerin ließ das Wunder auf sich warten. Wieder erschien der Prior mit Mutter Angelica bei Isolde und die Stadt erfuhr, dass der Tag der Einkleidung feststehe.

Diana hatte sich in ihrem Arbeitszimmer eingeschlossen und öffnete nicht, sosehr sie auch klopften. Ein Dämon hatte sich ihrer bemächtigt und flüsterte ihr Dinge zu, die sie erschaudern ließ. Nun lag Lupos Schicksal in ihrer Hand. Aus welchem Grund auch immer hatte Isolde die Lossprechung nicht gefunden. Niemand außer Diana konnte sie vor dem Kloster bewahren. Es war jetzt ganz leicht Lupos Hoffnungen zu zerstören. Nun wird Lupo mein werden! jubelte es in ihr. Sie zweifelte nicht, dass er zu ihr kommen würde, wenn er Isolde nicht haben konnte. Diana hatte den Verstand verloren. Sie fand keine Ruhe und eine fieberhafte Erregung hatte sie gepackt. Sie fühlte sich glücklich wie noch nie in ihrem Leben, verjüngt und all ihre Sünden los, die sie so reichlich begangen hatte. Sie dachte kaum daran, dass das, was sie vorhatte, ein Vertrauensbruch war, den Giovanni rächen würde. Es schien ihr, als habe der Himmel zu ihren Gunsten gesprochen. Mit voller Wucht hatte es sie, was sie längst überwunden glaubte, getroffen: die Liebe zu Lupo, die Sehnsucht nach Bürgerlichkeit und nach einem ruhigen Glück. Wer hätte sie nicht verstehen können? Isolde war längst gestorben und nur mehr zum Schein auf dieser Welt. Warum sollte sie Rücksicht nehmen? Isolde war einmal glücklich gewesen! Aber Diana? War sie jemals glücklich? So schnell, wie dieses Gefühl gekommen war, so schnell verging es in Verzweiflung und Reue. Als sie Lupos wilden Schmerz sah, ihn rufen hörte, dass er bereit sei, allem zu entsagen, wenn es ihm gelänge die geliebte Frau vor dem Prior zu retten, erkannte sie, wie klein und unedel ihre Liebe war, gegen diese andere. Sie erzählte ihm alles und bat ihn um Verzeihung.

Er begriff augenblicklich die Tragweite ihrer Erzählung und stürzte fort und aus der Stadt. „Don Bartholomäus hat Don Lupo zu Narren gemacht!", sagten die Leute, die ihn sahen. Er rannte dahin und gelangte ungesehen in den Garten des Landhauses und über den Birnbaum in Isoldes Schlafzimmer. Er fand das Buch, das auf dem Tisch lag, schlug es auf und erbleichte.----Das Blatt, auf dem die Lossprechung stehen sollte, war nicht da. Ein paar Fetzen, die noch an der Bindung klebten, verrieten, dass es herausgerissen worden war.

Am ganzen Körper zitternd lief er zu Donna Diana und Erasmo zurück und teilte ihnen, das Unglaubliche mit. Überall rief sein Bericht Staunen und Bestürzung hervor. Während Lupo grübelnd im Zimmer auf und ab lief, lag Diana schluchzend auf ihrem Bett und machte sich die größten Vorwürfe.

Bruder Erasmo hatte sich bald erholt, er band seine Sandalen fester und wanderte mit finsterem Blick zum Landhaus. „Madonna, ich bin gekommen, um Euch einen Wunsch Eures verstorbenen Mannes auszurichten. Er erschien mir heute Nacht im Traum und war sehr verzweifelt, weil er nicht einverstanden ist, dass ihr ins Kloster geht, ich habe es an seinem traurigen Kopfschütteln erkannt. Ihr sollt eine Wallfahrt nach Padua machen, wobei ihr erleuchtet werden sollt. Erfüllt eurem Gatten diesen Wunsch. Ich eile zu Don Bartholomäus und erzähle ihm von meinem Traumgesicht und um seine Meinung zu hören.

Drei Tage später brach Isolde nach Padua auf und selbst der Prior wagte es nicht, sie daran zu hindern. Die gewonnene Galgenfrist benützten ihre Freunde zu ihrer Rettung. Lupo ritt auf Dianas Pferd Diabolo nach Paliano, um seinen Freund den Herzog zu unterrichten.

## 12

EIN LEBEN OHNE FREUDE IST EINE WEITE REISE OHNE GASTHAUS, diese alte Weisheit von Demokrit, passte auf den neuen Herzog von Paliano ganz genau. Als er die Stadt verlassen hatte, begleitet von seinem Dichterfreund Carletto, wusste er, dass sich sein L eben verändern würde. Seine Freiheit lag in Fesseln und er musste sich um sein Volk kümmern. Die Ungeduld, mit der er erwartet hatte, die Regierung zu übernehmen, täuschte ihn darüber weg, dass der hermelinbesetzte Herzogmantel schwerer zu tragen war, als der eiserne Brustpanzer des Abenteurers. Carletto, der daran gedacht hatte, wollte ihm nicht die gute Laune verderben, denn er hatte befürchtet, dass er der Herzog, wenn ihm das bewusst würde sofort umkehren und in die Stadt zurück reiten würde. Der Ritt war lang und beschwerlich, der Weg zog sich wegen der vielen Wirtshäuser in die Länge. Am fünften Tag erreichten sie die Grenzen des Herzogtums Paliano und waren am Ziel ihrer Reise angekommen. Giovanni, dem die Freveltaten des Mönchs Urbino schwer im Magen lagen, wollte nicht wie ein Herrscher in sein Land einziehen, sondern beschloss es, unerkannt zu erforschen und kennenzulernen, ehe er es mit seiner Herrschaft beglückte. Im Habit eines Pilgers ging er von Ort zu Ort, von Haus zu Haus, von Kloster zu Kloster und flehte überall um eine milde Gabe und war mit dem zufrieden, was man ihm gab. Nachdem er sein kleines Reich durchwandert hatte, klopfte er an die Pforte des herzoglichen Schlosses selbst und sagte mit matter Stimme, dass er ein armer Pilger nach dem Heiligen Land sei und seit Florenz, keinen warmen Löffel Suppe mehr im Leibe gehabt habe. Der Koch, zu dem man ihn schickte, setzte ihm ein reichliches Essen vor und lief dann zu der Herzogin Violetta, die für alles was aus Florenz kam, ein reges Interesse hatte. Er meldete, dass eben ein Pilger von dort gekommen sei. Die edle Frau war hoch erfreut, dass ihre Langeweile unterbrochen wurde, eilte in die Küche, um den Fremden zu begrüßen. „Aus Florenz kommt Ihr? Ach, dann könnt ihr mir sagen..." rief sie. Weiter kam sie aber nicht, denn das vor Sehnsucht geschärfte Auge der Gattin hatte den Gatten erkannt und sie fiel in Ohnmacht, weil ihr Mann sie, unfrisiert und in ihrem alten Hauskleid gesehen hatte. Nachdem der Herzog fürchterlich gelacht hatte, sie aufgehoben und weg gebracht hatte, ließ er sofort seine Freunde und Anhänger rufen, um ihnen für ihre Treue zu danken. In einer Botschaft an das Volk wurde bekannt gemacht, dass Giovanni IV. den Thron bestiegen Habe. Er werde sein Land gegen jeden Feind im Norden und Süden, Westen und Osten, wer immer es sei verteidigen. Zugleich wurde Gnade für alle Verbrechen verkündet, die nach dem Tod des Herzog Cosimo X. begangen worden waren, ausgenommen, der Mönch Urbino, der sterben müsse, sobald man seiner habhaft werden würde.

Ein Fest, das acht Tage lang dauern sollte, wurde geplant und nicht nur der Adel und die Geistlichkeit wurde dazu geladen, sondern auch Bürger und Bauern, worüber alle staunten. Überall wurde die Gerechtigkeit des neuen Herrschers gelobt, besonders weil er Laura, die alternde Geliebte seines Vaters, wegen deren schlechten Taten sich das Volk empört hatte, sofort aus dem Land schaffen ließ. So eifrig wie seine Staatsgeschäfte, ging Giovanni daran, sein Eheleben zu ordnen, was Violetta ihm, mit freudigem Entgegenkommen erleichterte. Die schöne Frau erlebte eine neue Jugend im Sturm alter Gefühle und Giovanni selbst, fand plötzlich, dass sich zwei Menschen am innigsten lieben, die sich ehelich besitzen. Er fand die lange verschmähten Reize seiner Gemahlin außerordentlich lobenswert. Er ließ keine Gelegenheit aus, um dieses Lob zu singen oder durch eheliche Freuden anzudeuten. Kammerdiener und Kammerfrauen, Diener und Dienerinnen tuschelten von der paradiesischen Eintracht des Herrscherpaares, die nicht nur eines Sinnes, sondern auch eines Bettes waren. Die um die Dynastie besorgten Höflinge konnten guter Hoffnung sein!

In Scharen strömten die Festgäste in das Schloss, dessen Tore weit geöffnet waren. Grafen und Barone, Prälaten und Priori, Bürger, Handwerker, Soldaten und Bauern, jeder auf seine Weise und Stand, kamen im Wagen, mit der Sänfte, zu Ross oder zu Fuß und sie tummelten sich in den Hallen und Gängen. Die Residenz hallte von Scherzen und Lachen, Bewundern und Staunen. Während der Herzog im Saal von den Männern des Standes umringt war, kümmerte sich Violetta, deren Herzensgüte im Land bekannt war, um das schlichte Volk, das zum ersten Mal diese Pracht sah und schüchtern an den Wänden entlang schlich, als hätte man es herbestellt, um es zu prügeln. Niemand durchschaute die Falle, die der Herzog aufgestellt hatte und niemand konnte wissen, welchen Spaß es machen würde.

In einem kleinen Saal trug Carletto seinen Bewunderinnen eine zarte Sonette vor. Der Hofprediger und Beichtvater der Herzogin, Don Enrico, ging zwischen den Bauern umher, schüttelte den weißen Kopf und sagte: „Nun, hast wohl lustig losgedroschen auf die Jagdhunde des verstorbenen Herrn und kommst jetzt her, um dich mit Butternudeln bewirten zu lassen?" Oder „Ei, ei, wie flink ging dein Lästermaul in der Schenke gegen unseren Herzog und wie stumm ist es jetzt? Aber bleibt nur, unser Herr wird es euch nicht nachtragen." Die Angesprochenen begannen zu schlottern, blieben aber da, obwohl sie sich am Liebsten aus dem Staub gemacht hätten.

So verging der Nachmittag, bis endlich Fanfaren zur Tafel riefen. Da gab es eine Überraschung. Die Plätze waren so willkürlich verteilt, als sei das Hofzeremoniell noch nicht erfunden worden. Der Herzog führte eine Bäuerin zu Tisch und ein Handwerker die Herzogin. Zwischen Prälaten und Grafen saßen Bürger und Bauern, sodass man sich kaum unterhalten konnte. Nur der herrliche Duft nach Essen, der aus der Küche kam, beruhigte ein wenig die Gemüter und auch die Fässer voller Wein, die man hereinschaffte, ließen hoffen, dass die Standesunterschiede im Suff ausgeglichen würden.

Auf ein Zeichen des Herzogs sprang die Tür auf und herein kamen fünfzig Pagen, angeführt von einem Herold und jeder hatte eine goldene Schüssel in der Hand. Dem Herzog und dem Herzog wurden sofort das erste Gericht vorgesetzt und Wein kredenzt. Dann trat der Herold zur Tischdame des Herzogs, einem alten Mütterchen und rief: „Fosca Faschetti, Bäuerin, du hast unserem gnädigen Herrn, als er dich in Gestalt eines armen Pilgers um Essen bat, zu dem einzigen Obstbaum in deinem kleinen Garten geführt und gesagt, er könne so viel essen, wie er wolle. Nun kannst du zum Lohn für deine mitleidige Tat von diesen Schüsseln nehme, soviel du magst und diesen Beutel Dukaten dazu!" Die Pagen stellten vor das Weiblein Schüsseln voll der besten Speisen, einen Becher Wein und einen Beutel Dukaten. Der Herold trat zum nächsten Gast: „Don Maximus, Prälat und Kämmerer Seiner Heiligkeit, du hast unserem gnädigen Herrn, der in Gestalt eines armen Pilgers an die Pforten deines Klosters kam, einen Teller Wassersuppe geben lassen. Möge dir nun die Wassersuppe schmecken!" und der Page stellte vor den Prälaten einen Teller Wassersuppe. Schon rief der Herold beim nächsten gast: „Carlo Fingera, Handwerker, du hast mit unserem gnädigen Herrn, den du nicht erkannt hast dein kärgliches Abendessen brüderlich geteilt. Jetzt teilt mein Herr sein Abendmahl mit dir und legt diesen Beutel Silber dazu"! Und beim nächsten: „Marchese Tinti, Herr auf Montecasati, du hast unserem gnädigen Herzog, der dir klagte, dass er seit mehreren Tagen keinen warmen Löffel im Leib gehabt habe, einen warmen Löffel vorsetzen lassen und dazu gelacht. Nimm nun diesen warmen Löffel zu Abendessen"! Unter dem Gelächter der Gäste setzte der Page ihm einen warmen Löffel vor. So ging es weiter, die Tafel rund um. Die Belohnten machten fröhliche Gesichter und klatschten in die Hände, die Bestraften sahen schamrot auf ihre spärlich, belegten Schüsseln und wären am liebsten unter den Tisch gekrochen, in die Erde versunken oder aus dem Saal gelaufen. Vor der Türe aber standen Wachen, die niemanden hinausließen.

Je nach Verdienst hungrig oder wohl gesättigt, gingen die Gäste in die vorbereiteten Betten, denn sie waren für acht Tage eingeladen. Jene, die dem armen Pilger ein Obdach verweigert hatten, mussten auf den kalten Fliesen am Boden schlafen, die barmherzig waren, ruhten auf seidenen Kissen. Täglich wiederholte sich das Spiel und es zeigte sich am achten Tage, dass wer dick ins Schloss gekommen war, es mager verließ und wer mager gekommen war, mit runden Backen nach Hause ging. Der Marchese aber, dem man acht Tage lang warme Löffel vorgesetzt hatte, war so schwach, dass man ihn auf einem Maulesel wegschaffen musste.

Die Freude dauerte nur kurz. Sobald der Reiz des Neuen verflogen war und sich das Zepter, nicht mehr als Zauberstab, sondern als ein sehr lästiges Instrument erwies, begann Giovanni über sein Leben nachzudenken. Er fand, dass es naturwidrig und unleidlich sei. Er wusste auch, woran es lag: mangelnde Abwechslung! Die Grenzen seines Landes waren zu eng für seinen kühnen Geist, das Volk, das er regierte, zu brav und die Hasen und Hirsche, die er jagte, zu langsam. Der Pfaffe Urban, auf den er lauerte, ließ sich immer noch nicht blicken. Also tat der Herzog, was alle Männer tun, die nichts Besseres zu tun haben, er wandte sich der Liebe zu. Er kümmerte sich nicht mehr um die Regierung, denn er hatte einen klugen Kanzler, sondern nur mehr um seine Gattin Violetta. Plötzlich aber wurde ihm bewusst, dass er mit ihr verheiratet war und sie wurde völlig reizlos für ihn. Er verließ das Ehebett und ging auf Liebespilgerschaft. Da brauchte er nicht weit zu gehen, denn überall fand er offene Türen und offene Herzen, von den Miedern gar nicht zu sprechen. Aber weil er der Herzog war, dessen Wünsche man sich gehorsam fügte, fand er bald, dass die Liebe mit den Untertaninnen, langweilig war.

So machte Giovanni eine bedenkliche Wandlung. Düster und missmutig wanderte er durch das Schloss, unermüdlich auf der Suche nach Beschäftigung. Man hatte beobachtet, dass er zwei Stunden vor einem Mauseloch saß und darauf wartete, dass die Maus herauskommt. Ob sie ihm den Gefallen getan hat, ist nicht bekannt. Am meisten liebte er es, mit Carletto beim Wein zu sitzen und über vergangene Zeiten zu reden. Ja, die herrliche Vergangenheit kommt nicht wieder! Aus dem Weinkrug stiegen Traumbilder: Diana, die schöne Venezianerin, die ihm nun die Begehrteste aller Frauen schien. Carletto war zu traurig, um ihn aufzuheitern, wenn er von ihr sprach. Sprach Giovanni von Diana, dann Carletto von Isolde und so saßen sie da, wie zwei Unglücksraben die von einem Knochen krächzen, der ins Meer gefallen ist.

Violetta, die Gute, saß einsam in ihrem Gemach und trug die Liebe, die ihr der Herzog erwiesen hatte, schwer unter dem Herzen. Wenn er kam, bei ihr nachzuschauen, war er gerührt von ihrer blonden Üppigkeit, über die sich, ein neuer, reizvoller Hauch gebreitet hatte. Ach, wäre sie mir nicht so nahe, wie würde ich, sie begehren! Ich liebe die Liebe nicht, zu der man kommt, wenn man die Türklinke niederdrückt. Lieber reite ich drei Tage zu einer Kellnerin, als dass ich ins Nebenzimmer zu einer Königin gehe!

Während um Isolde ein zäher Kampf geführt wurde, war Giovanni seines Lebens überdrüssig geworden. Nur wenn von seinen Freunden, Briefe kamen, lebte er ein Bisschen auf. Er freute sich, dem arglistigen Don Bartholomäus ein Schnippchen, schlagen zu können. Er trauerte um Monello, seinem Freund und nach Isolde, der lieben Frau, die seiner Obhut anvertraut worden war und die er fest in sein Herz geschlossen hatte. Er freute sich darauf, eines Tages zu ihrer Hochzeit zu fahren, um dem Fest, durch seine Anwesenheit Glanz zu verleihen.

Eines Nachmittages, im Juni, als die Sonne heiß niederbrannte, kam ein schweiß- und staubbedeckter Mann in den Schlosshof geritten. Er nannte seinen Namen und wollte sofort den Herzog sprechen. Die Ungeduld des Ankömmlings war groß, aber der Kämmerer wusste nicht, wo der Herzog war. Nach langer, vergeblicher Suche, entdeckte er ihn auf dem flachen Dach des Palastes, wo er Siesta hielt. Unter einem bunten Sonnensegel lag er auf einem Lager, seine Träume waren aber nicht angenehm, denn er warf sich unruhig hin und her. Der Kämmerer wusste nicht, ob er den Herrn wegen dem Besucher aufwecken durfte und setzte sich am Ende des Lagers hin und überdachte die Lage. Mit Verwunderung sah er den Herzog immer stürmischer herumfuchteln und befürchtete er könnte herunterfallen. Schwere Krämpfe schüttelten ihn, Schweißtropfen waren auf seiner Stirne und seine Finger krallten sich an die Brust, als wolle er sich das Herz aus dem Leibe reißen. Es wird wohl besser sein, ich wecke ihn auf, dachte der Kämmerer und rüttelte den Schlafenden. Wie erstaunt war er aber, als der Herzog in packte und aufs Lager drückte. Er glaubte, sein letztes Stündlein habe geschlagen, aber als er merkte, dass er nicht erwürgt, sondern geküsst und liebkost wurde, fand er den Mut zur Gegenwehr und zu den Worten: „ Ihr irrt Euch, gnädiger Herr! Ich bin Masetto, der Kämmerer! Es ist sehr wichtig!" Da schlug er die Augen auf, sah lange hin und her und brach, als er Masetto erkannte in schallendes Gelächter aus. „Ich hab einen schweren Traum gehabt! Denk dir, ich kam mir vor wie ein junges Weib, das sich vor Sehnsucht nach dem Liebsten ruhelos auf dem Lager wälzt. Plötzlich ist in meinem Traum der Liebste zum Fenster herein gestiegen, um die Geliebte zu umarmen.

Was weiter geschah, weißt du selbst. Wärest du nicht gekommen, wäre der Traum noch weiter gegangen. So habe ich dich für Don Lupo gehalten!"

„Don Lupo?", rief der Kämmerer erstaunt. „So heißt ein Herr, der gerade angekommen ist, und Eure Herrlichkeit sprechen möchte!" Nun war der Herzog erstaunt. Vom Dach rief er sein Willkommen in den Hof hinunter, wo Lupo ungeduldig, neben dem treuen Ross stand, dann lief er die Treppe hinunter, um den Freund in die Arme zu schließen. Bald darauf musste Lupo berichten, was sich ereignet hat. „Als ich sah, dass das Blatt, nicht mehr im Buch war, sondern herausgerissen worden war"---- erzählte Lupo-----, glaubte ich, Isolde könnte die Seite selber herausgerissen haben. Auf Dianas Rat horchte ich die Amme aus, die mir sagte, dass sich Don Bartholomäus, das Buch einmal mitgenommen hatte. Also ist er der Täter. Roberto hat eine Galgenfrist erreicht, indem er nach einem angeblichen Traumgesicht, Isolde sagte, sie solle nach Padova wallfahren. Bald muss sie aber zurück sein und dann ist sie verloren, wenn du sie nicht rettest. Giovanni, du bist Zeuge von Don Monellos weiser Absicht, du hast sein Testament unterzeichnet und für dich ist es leicht gegen den Prior aufzutreten. Ich erwarte von dir, dass du sofort nach deinem Pferd rufst und mit mir kommst!"

Wenn Lupo dachte, der Herzog würde das machen, dann hatte er sich getäuscht. Giovanni saß regungslos auf seinem Stuhl, seine Kinnlade war herabgefallen, seine Augen sahen in unbekannte Fernen. Bei jeder Gelegenheit bekam er Wutausbrüche, diesmal aber war er dazu nicht fähig. Das Schweigen zwischen den beiden Männern war so groß, dass man die Fliegen auf der Zimmerdecke summen hören konnte. Endlich schien der Herzog aus seiner Betäubung zu erwachen. „Ich habe einen schlechten Ruf, in der Stadt und meine Aussage wird niemand anerkennen. Es wundert mich Lupo, dass du als Rechtsgelehrter, das nicht weißt. Isolde ist verloren, wenn wir das Dokument nicht herschaffen können." Lupo war zu Stein erstarrt und über seine Wangen liefen große Tränen. „Du sprichst auch mein Todesurteil!", sagte er leise. „Wie sollen wir das Dokument beschaffen? Das längst im Arno schwimmt oder in Rauch aufgegangen ist? Ich werfe mich lieber deinen Jagdhunden zum Fraß vor, als ohne Hoffnung zurück zu reiten!" „Meine Hunde haben Futter genug. Sie verbringen ihre Zeit damit auf den Pfaffen Urbino zu warten. Darum muss ich verhindern, dass du das machst!---Lass mich nachdenken!"

Sein Gesicht nahm wieder den verschlossenen Ausdruck an, der ein Vorzeichen gr0ßer Taten und unerhörten Streichen war. „Da wir mit Vernunft nicht rechnen können, müssen wir auf Dummheit zählen! Höre und merke: Gut baut! Wer auf die Dummheit baut! So war es immer und so wird es immer sein! Die Dummheit ist der Rettungsanker, wenn alle Stricke reißen. Wir werden sie benützen, um Isolde zu retten. Ein gewagtes Spiel habe ich mir ausgedacht, bei dem wir alles verlieren, aber auch alles gewinnen können. Frag nicht und Denke nicht! Schlag ein und lass uns rufen: Isolde oder den Tod!! Horihooo!"

„Isolde oder den Tod!", rief Lupo und die Begeisterung packte ihn wie ein Fieber. Jetzt da sich sein Freund der Sache annahm, hatte er wieder Mut. Giovanni war ein Mann, der siegte, weil er ein Ritter des Glücks war. Eine Stunde später, ritten sie gestärkt, bewaffnet und begleitet von Carletto aus dem Schlosshof. „Wir reiten in

Geschäften nach Rom und kommen in einigen Tagen wieder!" hatte der Herzog dem Kämmerer zugerufen, ehe er in den Sattel stieg. „Sag meinem Weib, sie braucht sich nicht zu sorgen!" Der Kämmerer hatte seine Mütze vom kahlen Kopf gezogen und sich verbeugt.

Endlich wieder ein Abenteuer, das eines Mannes würdig ist!

# 13

Knapp vor der Stadt trennten sich die drei Gefährten, um durch verschiedene Tore hinein zu reiten. Niemand durfte von der Anwesenheit Giovannis wissen. Also höchste Vorsicht! Der Plan war gewagt, den er sich ausgedacht hatte. Der Herzog und Carletto waren unerkannt in das Haus der Donna Diana gelangt und hatten dem schönen Weib zu verstehen gegeben, dass der Besuch, auf strengste geheim gehalten werden musste. Sie verbarg ihre Gäste in abgelegenen Zimmern und sorgte selbst für Speis und Trank. Am Morgen kamen Lupo und Bruder Erasmo und nun saßen die Verschwörer im Kreis und besprachen leise ihr Vorhaben. Als Giovanni ihnen seinen Plan erklärte, waren alle sehr aufgeregt. Als Lupo und der Mönch wieder gingen, waren ihre Wangen noch immer rot. Lupo sollte ein feines Pergament und aus der Werkstätte seines Vaters ein Schächtelchen Goldstaub zu bringen.Bruder Erasmo und Diana sollten Don Bartholomäus aushorchen.

Die Venezianerin erledigte sich der Aufgabe mit Schlauheit. Der Prior war schon immer, der Meinung, Diana wäre eine erbitterte Feindin Isoldes. Jetzt wo er sich dem Ziel so nahe sah, nahm er sich kein Blatt mehr vor den Mund und bald wusste sie, wann und wo der letzte Akt beginnen sollte.

Verschlossener war er Bruder Erasmo gegenüber. Sein Traumgesicht war im gegen den Strich gegangen und das er gleich damit zu Isolde gelaufen war, erboste ihn. Der Mönch hatte auch bedenken, ob der Himmel damit einverstanden sei. Weil er sich aber als erfahrener Kirchenmann berufen fühlte den Lehrmeister zu spielen, ließ er nichts unversucht, die Erscheinung Don Monellos im Besonderen, als Gespenst ins lächerliche zu ziehen. Sogar ins Reich der Fabel verbannte er diese Behauptung. Ihm, dem Prior, der doch sicher den Umgang mit Geistern würdig wäre, ist noch nie, weder bei Tag oder Nacht ein Geist erschienen. „Uns Klerikern, die wir an Vernunft die Laien, weit überragen, dürfen sich nicht am Aberglauben des gemeinen Volkes beteiligen. Obwohl wir uns, für unser Wirken, selbst damit bedienen können. "begann er eine weise und wohlmeinende Rede. „Die Furcht ist ein gutes Mittel zum Gehorsam und wandelt sich, unter unserer Führung zur Gottesfurcht, die Altäre festigen. Ihr, geliebter Bruder, seit noch nicht drauf gekommen, dass die Obrigkeit alles im Keime ersticken muss, was ihr schädlich werden könnte. Wir sind die berufenen Hirten und dürfen uns kleiner Kniffe bedienen, die unsere schwere Arbeit erleichtert. Die Furcht ist ein gutes Mittel zum Gehorsam!" Solche Belehrungen erhielt er anstelle der erwarteten Offenbarungen. Zum Glück hatte Donna Diana schon alles erfahren.

Die Erleuchtung Isoldes in Padua war ausgeblieben und sie kam völlig hoffnungslos zurück und wollte ins Kloster gehen. Durch den Garten des Landhauses, ging nichtmehr Isolde, die Schöne, Herrliche, sondern ihr Schatten. Aus dem blühenden Weib war in kurzer Zeit, eine Kranke geworden. Ihre Blässe und Traurigkeit erregte Besorgnis. Müde wandelte sie durch Garten und Haus, die hageren Hände krampfhaft verschlungen, die blutleeren Lippen fest aufeinander gepresst, die Augen niedergeschlagen. Oft geschah es, dass sie vor einem

Baum oder einer Blume stehen blieb und mit ihr sprach, als wären sie Menschen. Sie war zum Weiher gewankt, von dunklen Gedanken getrieben, hatte sich niedergekniet und um Vergebung der schweren Sünde gebetet, die sie vorhatte. Dann aber als sie, in das Wasser schaute und die Fische und die Frösche sah, oder sogar eine Kröte, die aus dem Wasser hüpfte, grauste es ihr und sie floh auf das Dach ihres Hauses, um hinunterzuspringen, in das große Vergessen. Aber das Dach war ihr nicht hoch genug und so ging sie in die Küche zur Amme, setzte sich an den Herd und weinte bitterlich.

Teresa und der einäugige Occhio litten mit ihr, selbst Perikles, der treue Hund, verstand, dass seine Herrin traurig war, und versuchte sie zu trösten, so gut er konnte. Drei Menschen und ein kluges Tier warteten auf den Tag, der alles beenden sollte. Isoldes Güter waren zum Verkauf angeboten und bald würden andere hier wohnen. Das war das Schwerste für sie. Jedes Möbelstück, jedes Bild, jeder Gegenstand, den Monello zusammengetragen hatte, musste sie aus ihrem Herzen reißen. Nichts sollte ihr bleiben! Was sie am liebsten hatte, verteilte sie im Geist an ihre Freunde, die es in Ehren halten würden. Die Mandoline sollte Carletto, der Dichter, bekommen, ihren Schmuck Lupo, damit er damit ----welch bitterer Gedanke----- seine Zukünftige schmücke, die Bücher bekam Zepo, der gerne lernte, sein guter Degen Giovanni, der Hund sollte bei Teresa und Occhio bleiben. In ihrem Schmerz tat es ihr wohl, andere zu beglücken. Sie öffnete Truhen und Schränke und schenkte Gürtel und Schleier, Hüte, Schuhe und Bänder an junge Bauernmädchen aus der Umgebung. Frohes Lachen, Tauschen und Danken füllten den Garten und fielen wie glühender Regen auf ihr Herz.

Von ihren Freunden, ließ sich keiner blicken. Sie selbst hatte sie vertrieben: aber sie fehlten ihr.

Wenn Giovanni käme oder Carletto! Oder Zepo! Wenn doch er...! Warum hätten sie kommen sollen? Warum gerade er...? Nur wer am Rand des Grabes steht, weiß, wie weit die Liebe geht! Dachte sie. Wo war der Held? Der Retter? Der lebte nur in den Romanzen und in den Romanen. Ihr Held war gestorben und lag draußen am Friedhof, sein verwaistes Schwert, hatte dunkle Flecken bekommen.

Das war die Ewigkeit!----- Oben am Himmel strahlte die Sonne, gleich und unwandelbar seit Anbeginn. Menschen gehen und Menschen kommen, graben Gräber für die Vergangenen. Aber es dauerte nicht lange, dann fahren sie selbst hinab in Gräber, gegraben von ihren Nachkommen. Die Erde ist ein einziger Knochenhaufen, ein Gräberfeld, denn alles, was geboren wird, kehrt zur Erde zurück. Millionen Herzen wuchsen und wurden groß, liebten und hassten, hatten Sorgen und Geheimnisse. Millionen Menschen hatten gelebt, Helden! Sie sind gegangen und niemand fragt nach ihnen, denn jeder ist mit sich selber beschäftigt. Wo sind sie? Nur die Ewigkeit weiß es. Ist es traurig zu sterben? Wo doch alles weiter geht? Neue Menschen kommen, neue Herzen schlagen, neue Augen sehen, was für uns im Dunkel verschwunden ist! Wir gehen und lassen keine Lücke zurück!

Bei solchen Gedanken holte sich Isolde Kraft.

Ihre Meinung aber, dass sie keine Freunde mehr hätte, war falsch. Sie hatte Freunde in Hülle und Fülle und unter ihnen war so mancher Held. Da es aber hier nicht einen Drachen zu töten, sondern einen unsinnigen Schwur zu bekämpfen, der in der dunklen Macht des Klerus bestand, war auch der heldenhafteste Freund zur Untätigkeit verdammt.

Die „ Lustbrüder „ hielten Sitzungen ab, in denen viel geredet und auf den Tisch gehauen wurde, aber immer ohne Ergebnis. Ein ratloses Verstummen, ein Achselzucken, ein grimmiger Fluch und stilles nach Hause gehen. Die besten Pläne waren geschmiedet und wieder verworfen worden. Die kühnsten Schwüre getan und wieder gebrochen worden und endlich, als man erkannt hatte, dass nichts mehr zu retten sei, einigte man sich auf eine fürchterliche Rache. So mancher hatte sich angeboten das Kloster der Weißen Schwestern in Brand zu stecken, Don Bartholomäus ein wenig mit dem Stilett zu kitzeln oder sonst etwas zu machen. Der Hass der Freunde aber war so groß, dass sie die Rache auf gar keinen Fall einem Strauchdieb überlassen wollten. Mit eigener Faust wollten sie es machen und nötigenfalls mit der Hilfe von Haselstöcken. Don Sasso schnitt sie am Ufer des Arnos und schleppte sie in die Schenke. Die Stadt bebte vor Schadenfreude und es wurden Wetten abgeschlossen, ob Don Bartholomäus die Prügel überstehen oder daran sterben würde. Da die Hilfsbereitschaft aber so groß war, dass man in ganz Toskana nicht genug Haselstöcke hätte auftreiben können, hielten sie Ort und Zeit geheim. Dies alles ereignete sich, als Giovanni in der Stadt war. Die Welle der Empörung brandete bis in Dianas Palazzo, wo der Herzog als sein eigener Gefangener saß. Das Zimmer war viel klein für den grollenden Löwen, den es beherbergte. Zum Glück gab es da eine Kerkermeisterin, die mit edlen Bestien umgehen konnte und stets ein Mittel wusste.

Es vergingen drei endlose Tage und der Abend der Entscheidung, brach herein!

Es war ein schöner Abend. Warm und still ruhte die Luft, feine Düfte kamen aus den Gärten, der blaue Himmel verwandelte sich, als die Sonne in helles Grün sank und übergoss die Landschaft mit friedlichem Licht. Venus, der Abendstern blinkte und die Amseln sangen ihre Lieder, die einmal so heiter und einmal so traurig klangen. Aus den Kaminen der Häuser stieg blasser Rauch auf, denn die Hausfrauen kochten das Abendessen. Heute rumorte es in der Stadt, wie immer am Samstag. Wer nicht zu Hause helfen musste, Hühner schlachten, Erbsen klauben, Teig rühren oder Sonntagsbrote backen, nahm die Mütze und ging auf einem Plausch zum Nachbarn oder in die Schenke.Das verscheuchte die Sorgen. Es war ein schöner Abend und wer ein liebes Weib sein eigen nannte, blieb nicht zu lange im Wirtshaus.

Heute sollte Isolde von allem Abschied nehmen, was sie auf dieser Welt liebte. Der Prior hatte den feierlichen Akt auf eine späte Stunde verlegt. Er wollte Isolde nicht mit einem Strauchdieb vergleichen, den man am frühen Morgen ins Jenseits befördert oder weil er die Teilnahme des Volkes verhindern wollte. Er glaubte, er habe die Stunde gut gewählt. Isolde hatte sich in ihrem Zimmer eingeschlossen. Sie setzte die Geschenke fest und wer ihr und Monello treu gedient hatte, ging nicht leer aus. Für die Amme und Occhio, die miteinander alt geworden waren, um einander zu verlassen, reichte es für ein kleines Häuschen mit Garten. Immer wieder ging sie die Liste durch, strich einen Namen durch und schrieb wieder einen dazu, aber nur um sich zu beschäftigen und abzulenken. Das Schwerste, die Briefe, hob sie bis zuletzt auf. Einen an Giovanni und einen an Lupo. Seit Tagen grübelte sie über den Inhalt nach, sprach ihn im Geiste vor sich hin, bis sie ihn auswendig konnte. Nun aber wo sie ihn schreiben wollte, fiel er ihr nichtmehr ein. Mühsam quälte sie sich mit dem Brief an Giovanni ab, in der viel Dank für seine Freundschaft zu lesen stand. Und nun der Brief an Lupo! Oh, sie empfand, was sie ihm sagen wollte, empfand es mit einem Herzen, das noch heftig schlug, aber sie konnte es nicht in Worte kleiden und ihre Hand nicht schreiben. Vielleicht war es besser so! Sie liebte ihren Lupetto und darum wollte sie schweigend von ihm gehen.

Sie wollte schweigen, schweigen!

Lange lag der weiße Bogen vor ihr, auf den sie starrte. Als Occhio an die Türe klopfte und fragte, ob er die Kerzen anzünden solle, stand sie auf. Sie legte das schlichteste Kleid an, das sie hatte und kämmte zum letzten Mal ihr Haar, das ihr im Kloster abgeschnitten werden würde. Durch das Fenster kam kühle Nachtluft herein. Geheimnisvoll rauschte der Birnbaum und im Garten heulte der Hund. Isolde erschauerte. Werden sie kommen?

Die Frage war kaum gestellt, als sie das Rollen eines Wagens hörte. Vor dem Tor hielt er an. Man hörte die Stimme Don Bartholomäus, der nach Occhio rief und bald darauf das Ächzen des alten Gittertores. Schritte kamen über die Treppe herauf. Sie ging in das Zimmer, indem sie immer die Gäste empfing. Dort stand ein Tisch, mit weißem Leinen bedeckt, das sich im Mondlicht hell abhob. Don Bartholomäus kam als Erster herein, nur an seiner mächtigen Figur erkennbar. Zwei weitere Gestalten, die sie aber erst sah, als Occhio mit Leuchtern ins Zimmer kam. Es war die Oberin mit ihrer Begleitung. Der Prior zog Isolde an seine Brust und segnete sie. Dann wählte er den bequemsten Stuhl, schob ihn zum Tisch und setzte sich. Mutter Angelika, begann mit Isolde ein artiges Gespräch darüber, wie schön man die Kirche zu ihrem Empfang geschmückt hätte, dass man frische Rosen geschnitten und alle Heiligen und Bilder abgestaubt habe und ihr künftige Zelle ausgekehrt sei und der Wagen bereitstünde, um die geliebte Schwester in den Frieden zu führen.

Don Bartholomäus hatte aus seiner Kutte mehrere Schriftstücke hervorgeholt, breitete sie auf dem Tisch aus, und begann sie zu studieren. „Es ist ein Glück, liebe Tochter, dass für Eure Häuser und Liegenschaften, die Ihr jetzt nichtmehr braucht, bereits ein Käufer gefunden wurde. Landhäuser und Palazzi stehen derzeit tief im Kurs, weil es derzeit keine Nachfrage gibt. Der Häusermakler jedoch, den ich beauftragt habe, hat einen Käufer gefunden, der nicht nur den verlangten Preis ohne zu feilschen bezahlen wird. Er ist auch bereit die Möbel, die ihr als Votivgeschenke bestimmt habt, auszuliefern. Er kauft Palazzo und Landhaus zusammen und Ihr seid eine Sorge los, die wir gerne mit Euch geteilt haben. Es trat eine Pause ein, nur unterbrochen vom Nicken der beiden Nonnen. Isolde, die bis dahin in der Mitte des Zimmers gestanden war, ging zum Tisch und setzte sich. „Ich kenne den Käufer nicht", fuhr er fort, „er wird aber, wie der Makler mir versprochen hat, hier erscheinen, damit Ihr die Kaufsumme aus seinen Händen bekommen könnt. Wir Diener der Kirche befassen uns nicht gerne mit Geldgeschäften, von denen wir übrigens herzlich wenig verstehen. Das Geld ist ein Fluch des Teufels" ---- die Schwestern bekreuzigten sich, „und wir bedienen uns seiner nur, wenn wir es zur Erhaltung unseres Lebens brauchen. Wir häufen es nicht in Truhen an, um uns an seinem Anblick zu erfreuen, sondern geben es dem Makler und leben von bescheidenen Zinsen. Ich habe daher im Einverständnis der ehrwürdigen Mutter beschlossen, den Erlös für Eure Güter, bei dem Geldverleiher Avaro anzulegen, der wie der Käufer hier erscheinen wir um das Geld in Empfang zu nehmen". Als die Oberin den Namen Avaro hörte, begann sie zu wanken, ihr Mund öffnete und schloss sich wieder, als wollte sie etwas sagen und zum ersten Mal hob sie die Lider wie ein gewöhnlicher Mensch, um den Prior groß und starr anzuschauen. Um seinen Mund war ein dünnes Lächeln, denn er freute sich diebisch über die feine List, mi der er die Oberin betrogen hatte, die nun sprachlos da stand und um Fassung rang.

Sie hatte gehofft, das Geld gleich in Empfang zu nehmen und dem Prior den ausgedungenen Anteil für seine Mühe geben zu könne. Nun war es aber klar, dass sie von Avaro nur geringe Zinsen bekommen würde aber der Löwenanteil an den Prior fiel. Dieser hatte tatsächlich mit dem alten Wucherer ein geheimes Abkommen getroffen, demnach sich die Geldeinlagen mit dreißig von hundert verzinsen sollten. Ein Drittel davon würde öffentlich, und wie es sich gehört, an das Kloster der Weißen Schwestern, zwei Drittel aber unter der Hand an den Prior fallen. Man versteht, dass die Oberin wahrhaftig niedergedonnert war. Da der Prior aber mit der Aufsicht über ihr Kloster betraut war und außerdem wichtige Freunde in Rom hatte, die ihn schützten, verlor die Oberin jede Hoffnung, jemals in den vollen Genuss des Vermögens zu kommen. Es hallten trippelnde Schritte auf der Treppe und der alte Avaro trat ein. Er vollführte erst vor dem Prior, als der wichtigsten Person indem Raum und dann vor den Schwestern und zuletzt vor Isolde Verbeugungen. Meckerte ein paar Phrasen daher, räusperte sich, schnäuzte sich schallend und sah dann herum, ob der Käufer oder das Geld irgendwo zu sehen sei. Dann legte er eine große Geldkatze, neben seinem Knotenstock auf den Tisch, faltete die Hände und wartete.

Der Mond schien ins Zimmer. Die Kerzenflamme tanzte im Wind, die Pferde, des Klosterwagens wieherten auf der Landstraße, eine Fledermaus flog ins Zimmer, um es schnell wieder zu verlassen und im Garten winselte noch immer der Hund. „Wo bleibt Bruder Erasmo?", fragte der Prior. „Er versprach zu kommen!", sagte Isolde. Da trat er ein. Sein fahles Gesicht zeigte jene steinerne Ruhe, die Isolde stets erschreckt und beunruhigt hatte, seine Hände steckten in den Ärmeln der Kutte und die Kapuze war über den Kopf gezogen. Don Bartholomäus begrüßte ihn mit einem freundlichen Lächeln und lud ihn ein, am Tisch Platz zu nehmen.

Jetzt kamen vier Männer auf das Landhaus zu. Sie gingen nicht zusammen, sondern in Paaren und hielten einen großen Abstand, der sich jedoch immer mehr verkleinerte. Die Ersten waren an dem Tor angekommen und riefen nach dem Pförtner, die anderen schlugen sich seitwärts in die Büsche. Als Occhio das Tor öffnete, sah er zwei Gestalten vor sich, von dem einer ihm bekannt vorkam. Es war so dunkel und er hatte auch gar keine Zeit, darüber nachzudenken. Er befahl ihm, bei der Frau des Hauses zu melden, dass Vermittler und Käufer angelangt seien, um das Geschäft abzuschließen. Don Bartholomäus, längst ungeduldig geworden, erhob sich erfreut von seinem Sitz und auch der alte Avaro erwachte aus seiner Starre. Occhio hatte die Türe geöffnet und herein kam der Häusermakler und ----Lupo. Das hatte, außer dem Mönch, niemand erwartet am wenigsten der Prior und Isolde. Beide glotzten ihn an drohend-aufgebracht und ängstlich-fragend. Lupo nahm aus der Hand des Maklers eine kleine Truhe, stellte sie auf den Tisch, verneigte sich vor Isolde und sagte: „Edle Frau! Da Ihr, wie ich hörte, in das Kloster zu den Dominikanerinnen gehen und den Erlös Eurer irdischen Güter ins Kloster mitbringen wollt, bin ich bereit Euren Palazzo und Euer Landhaus zu kaufen. Wir können den Kauf sofort besiegeln, aber ich knüpfe an meine Zusage eine Bedingung, die Ihr gewiss gerne erfüllen werdet. Meine erste Frage: Sind es auch ehrliche Geschäfte, bringen sie niemanden Schaden, geschehen sie nicht zu Unrecht und gegen das Gesetz? Da ich ein Doktor der Rechtswissenschaft bin und keine Fehler machen möchte wird meine Vorsicht wohl verständlich sein. Wollt Ihr mir zwei Fragen beantworten, die ich Euch stelle?

Isolde nickte, „Fragt immerzu Don Lupo!", sagte sie leise, „ich werde Eure Fragen beantworten!"

Don Bartholomäus, sah aus, als wollte er sich gleich zwischen die beiden stürzen und rutschte auf seinem Sessel unruhig, hin und her. Der alte Avaro näherte sich dem Tisch, auf dem die Truhe stand, die beiden Schwestern zuckten unaufhörlich mit den Augenlidern, weil sie auch etwas von dem hübschen jungen Käufer sehen wollten, in dessen bleiche Stirn eine dunkle Locke hing. Erasmo hatte die Kapuze zurückgeschlagen und die Hände aus den Ärmeln gezogen.

„So sagt mir Madonna", fragte, Lupo mit erhobener Stimme, „warum verkauft Ihr Eure Güter?"

„Weil heute der Tag ist, an dem ich ins Kloster eintrete. Im Koster braucht man sie nicht!" der Prior und die Schwestern nickten. „Warum tretet ihr ins Kloster?"

„Das kümmert Euch nicht, Herr!", schrie der Prior und er hieb mit Avaros Stock auf den Tisch, dass es donnerte.

„Seit wann stellt ein Käufer solche Fragen?" „Seid doch still, ehrwürdiger Vater!", besänftigte Erasmo den Aufgebrachten. „Donna Isolde hat die Antwort zugesagt und Ihr dürft sie nicht hindern ihr Wort zu halten."

Sofort trat Stille ein und Avaro, der vor seinem eigenen Stock zurückgewichen war, stellte sich wieder zum Tisch mit der Truhe.

Isolde atmete schwer. Sie stand in der Mitte des Zimmers, groß und schlank, voll leidender Schönheit. Ihre Hände hatte sie zu den Augen gehoben, um die Tränen aufzufangen. Dann hob sie den Kopf, frei und stolz und richtete den Blick auf Lupo. „Hört, meinen Grund! Als mein Ehemann, krank lag, schwor ich, nach seinem Tod, keinen anderen zum Gatten zu nehmen."

„…bis er Euch des Schwurs entbindet!", ließ sich da eine Stimme vernehmen. Alle Augen wanderten in die Ecke, wo der treue Occhio stand, der ohne dass er es wollte, diese Worte gesprochen hatte.

„Bis er mich des Schwurs entbinden würde", sprach Isolde zaghaft nach. „Er hat es bis heute nicht getan und wird es nichtmehr tun!"

„Wie wäre das auch möglich?", warf der Prior ein und die Schwestern nickten.

„Sagt selber, Signore, was soll ich auf der Welt ohne Vater und Mutter, ohne Schwester und Bruder? Ich will den Frieden. Ich finde ihn nicht, weder im Haus noch irgendwo anders. Ich gehe ins Kloster, es ist mein Wille und sicherlich auch der Wunsch meines seligen Gatten. Genügt Euch diese Antwort?"

Eben hatte sie das letzte Wort gesprochen, da geschah etwas Merkwürdiges: Es war, als riefe man von irgendwo Isoldes Namen. Sie hatte es zuerst gehört und wandte sich in jähem Schreck zum Vorhang der Schlafstube, woher das Rufen zu kommen schien.

Da klang es wieder: „Isolde! Isooolde!" Die Anwesenden sahen gebannt nach der Richtung und wer zu nahe bei der Türe stand, flüchtete eiligst hinter den Tisch. Das Rufen war kein gewöhnliches. Es klang schaurig und hohl, als komme es aus einem tiefen Schacht oder gehöre die Stimme keinem Menschen mehr. Es kam näher und näher, erst schien es im Garten, dann in der Schlafstube, nun hinter dem Vorhang......" Isolde! Isooolde!" Das junge Weib schrie gellend auf. Es tat, als wollte es auf den Vorhang stürzen, bald zur anderen Tür hinaus laufen. Grauen lag in seinen Augen, Entsetzen, eiskalte Todesangst. „Wer ruft?", schrie es. „Wer ruft? Ach! Ich kenne dich,...ich kenne dich!......

Monello!" Das Wort glich einer Zauberformel. „Monello!", schrie Lupo. „Mein gnädiger Herr!", murmelte Occhio und sank in die Knie.

Unbeschreiblich war, was jetzt geschah. Ein jäher Luftzug ging durch das Zimmer, das plötzlich völlig dunkel war.------Bruder Erasmo hatte heimlich die Kerze gelöscht.--------Draußen hörte man ein Sausen und Surren, ein Klopfen und Kratzen, zugleich verbreitete sich ein herrlicher Duft von himmlischem Aroma. Der Vorhang flog auf------ und sichtbar wurde die Gestalt Don Monellos, von wallenden Schleiern umhüllt, die sich zum Boden in der Dämmerung verloren. Um die Erscheinung floss mystisch phosphoreszierendes Licht und besonders sein Gesicht strahlte in grünlich-weißer Helle. Der erst, der in der unglaublichen Verwirrung den Kopf wieder fand, war Bruder Erasmo. Er riss das Kreuz von seiner Brust und trat, es hoch emporhaltend, der Erscheinung entgegen.

„Weiche, Trugbild, im Namen des dreieinigen Gottes!", rief er mit fester Stimme. Aber die Erscheinung wich nicht vom Fleck. „Wer bist du, dass du es wagst dem Kreuz zu trotzen?", rief der Mönch und aus seinem Mund sprach die Angst.

„Frag mich, Menschlein, wer ich war!", antwortete der Schemen. „Ich war Capitano Monello da Nervi. Nun ruht mein Leib in kühler Erde und meine Seele, sieht Gott!"

Als diese Worte gesprochen waren, hörte man ein schweres Gepolter! Don Bartholomäus war in die Knie gesunken. „Nicht umsonst bin ich zu diesem Stern zurückgekehrt. Wo ist Isolde, die ich einst mein Eheweib nannte?"

„Da bin ich Monello, du Guter!", flüsterte das Weib zwischen zwei Ohnmachten jäh erwacht und rutschte in irrer Eile auf die Erscheinung zu. „Berühre mich nicht, Isolde!", sprach der Geist. „Nicht, damit du mich berührst, bin ich gekommen. Von deinem Schwur bist du befreit, denn das ist das Zeichen, welches ich dir zu geben versprach. Vernichtet ist das wer deiner Feinde, die dich verderben wollten, denn Gott ist allwissend und weise und straft gerecht, wie er gerecht belohnt. Lebe wohl Isolde! Nun gehe ich hin, woher ich gekommen bin und lasse dir zurück, was aus meinen Händen fällt, damit auch die Zweifler und Kleingläubigen die Wunder Gottes erkennen!"

Eine bleiche Hand und ein nackter weißer Arm kamen aus den strahlenden Schleiern zum Vorschein, ein Pergament fiel zur Erde. Als man wieder aufschaute, war alles verschwunden.

Lange noch lagen sie auf den Knien. Schweigen erfüllte den Raum, nur manchmal vom eifrigen Murmeln des Priors unterbrochen. Bruder Erasmo, brach den Bann.

Er zündete die Kerze wieder an, während Lupo hineilte und das Pergament aufzuheben und anzuschauen. Es war ein Stück von außerordentlicher Feinheit. Mit goldener Tinte war darauf geschrieben: Isolde ist ihres Schwures entbunden und sie soll sich bald einen Liebsten suchen, nach ihres Herzens Wunsch und Gottes Ratschluss. Isolde, die von Lupo und Occhio hinausgeführt wurde, erkannte sofort Monellos Handschrift.

Man labte das Weib, das so fürchterliches erlebt hatte, und wusch es mit Essigwasser. Die Gäste schlichen über die Treppe ins Freie. Die Weißen Schwestern, welche die Schnellsten waren, rollten längst, begleitet vom Häusermakler und dem alten Avaro, mit dem Wagen davon, als Don Bartholomäus am Gartentor ankam. Es war ihm nicht gut! Der Beweis von Gottes Allwissenheit, den er bekommen hatte, saß ihm so tief im Gebein, dass er sich nur mühsam bewegen konnte. Vergeblich hatte er sich nach Bruder Erasmo umgesehen. Der Mönch war verschwunden. So musste er alleine heimwärts gehen, einer weiteren recht heil samen Lehre entgegen.

Während nämlich in Isoldes Landhaus ein junger Mann am Lager einer bleichen Frau saß, sie zärtlich pflegte und mit ihr Tränen vor Freude vergoss, ereignete sich auf einsamer Landstraße draußen ein sonderbarer Spuk. Dunkle Gestalten mit Masken oder mit Ruß beschmiert, trafen nach und nach beim Standbild des Heiligen Juliano ein. Steckten die Köpfe zusammen, flüsterten und schlugen sich dann in die Büsche. Dann lag die Straße wieder einsam und öde da wie zuvor. Es waren die „Lustbrüder" die da auf der Lauer lagen. Don Sasso, der Schwarze, führte sie an. Jeder hatte einen Haselstock in der Faust, den er vorher mit Öl eingerieben und recht geschmeidig gemacht hatte. Man wusste, dass der Prior ins Landhaus gewandert war und nun wollte man ihn, bei der Rückkehr erwarten. Die Zeit schlich dahin und den Kumpanen schmerzten schon die Glieder vom langen Hocken. Aber erst als ein Wagen in rascher Fahrt und ein Mönch, den man kannte, vorüberkam, wuchtete die schwere Gestalt des Priors die Straße herauf. Es war gar sonderbar anzusehen, wie Don Bartholomäus im Mondlicht hin und her wankte, stehen blieb und wieder weiterstrebte, als sei er betrunken. Just, als er am Standbild der heiligen Juliano angelangt war, ertönte ein gellender Pfiff. Heftig erschrocken sah der einsame Wanderer schwarze Gestalten aus den Büschen kommen und ihn umringen. Das konnten nur Teufel sein, die ihn in die Hölle holten.

Er fand kaum mehr Zeit, ein Stoßgebetlein zu sprechen, schon sausten die Hiebe dicht auf ihn nieder. Sein Jammergeschrei mischte sich mit dem Klatschen der Stöcke zu einer grotesken Musik, die in den Ohren der Kumpane gar lieblich klang. Wieder erscholl ein Pfiff und der Spuk war zu Ende. Mitten auf der Landstraße lag einsam Don Bartholomäus und wagte sich nicht, vor Schmerzen und Angst zu rühren. So lag er eine Stunde lang, bis ein Reiter von der Stadt her kam, ihn aufhob und zum Standbild des heiligen Juliano führte. Es war Roberto, aber der Prior erkannte ihn nicht. Eine Meile weiter warteten, ungeduldig, Giovanni und Carletto, die ihre guten Gründe hatten, so rasch als möglich zu verschwinden. Endlich waren sie beisammen, und trabten fröhlich dahin.

Was aus Isolde und Lupo geworden ist, braucht nicht gesagt zu werden, über ihr Glück könnte man ein Buch füllen. Bartholomäus, dem Gott seine Sünden verziehen haben mag, wurde ein frommer Mann, der sich zur Aufgabe machte, sein Kloster zu reformieren und jede Sünde daraus zu entfernen.

Donna Diana folgte bald ihren Freunden nach Paliano, wo auch Bruder Erasmo, dessen Verschwinden einiges Aufsehen erregt hatte, zu finden war.

Als es wieder Sommer wurde, ließ Isolde nahe ihrem Landhaus eine Kapelle zum ewigen Gedenken an die wunderbare Erscheinung Don Monellos erbauen, in der man als köstliche Reliquie das himmlische Pergament verwahrte.

Nur wenige wussten von dem Geheimnis und sie verbargen es tief in ihren Herzen. Manchmal, wenn sie beisammensaßen, um an Vergangenes zu denken, da lächelten sie einander wissend zu und Giovanni, Herzog von Paliano, sprach das letzte Wort in diesem Abenteuer:

„Gut baut, wer auf die Dummheit baut! So war es immer und so wird es immer sein!"